청어詩人選 168

숲의 나라, 노래와 춤

유승우 시집

청어

숲의 나라, 노래와 춤

유승우 지음

발 행 처 · 도서출판 청어
발 행 인 · 이영철
영   업 · 이동호
기   획 · 이용희
편   집 · 방세화
디 자 인 · 이해니 | 이수빈
제작부장 · 공병한
인   쇄 · 두리터

등   록 · 1999년 5월 3일
(제1999-00063호)

1판 1쇄 인쇄 · 2019년 5월 1일
1판 1쇄 발행 · 2019년 5월 10일

주소 · 서울특별시 서초구 남부순환로 364길 8-15 동일빌딩 2층
대표전화 · 02-586-0477
팩시밀리 · 0303-0942-0478

홈페이지 · www.chungeobook.com
E-mail · ppi20@hanmail.net
ISBN · 979-11-5860-643-5(03810)

이 도서의 국립중앙도서관 출판시도서목록(CIP)은 서지정보유통지원시스템 홈페이지
(http://seoji.nl.go.kr)와 국가자료공동목록시스템(http://www.nl.go.kr/kolisnet)
에서 이용하실 수 있습니다.(CIP제어번호: CIP2019016577)

숲의 나라, 노래와 춤

숲은 인간존재의 원형이다. 이 원형을 상실한 인간은 존재에 대한 향수에 젖어 있다. 이 향수가 시적 상상력이며, 우리말로는 '그리움'이다. 이 '그리움'은 곧 사랑이며, '없음(無)'을 실감할 때 더욱 강열해진다. 시인은 누구보다도 존재의 원형에 대한 향수가 강열한 사람이다. 시는 '영혼의 숲'이며, 언어예술이기 때문이다.

예술(藝術)의 예(藝) 자는 "사람이 나무를 심는 모습을 상형한 글자"라고 한다. 사람은 왜 나무를 심는가. 열매를 거두기 위해서다. 열매는 자연이며, 시는 인위(人爲)이다. 예술은 인위(人爲)이지만 자연의 열매와 같은 작품을 창작해야 한다. 왜냐하면 인위(人爲)의 인(人) 자와 위(爲) 자를 합하면 거짓 위(僞) 자가 되기 때문이다. 자연의 열매가 거짓 없는 '생명의 결실'이듯이 예술작품도 거짓 없는 '존재의 구현'이 되어야한다는 의미이다.

'숲의 나라'는 하나님이 지으신 자연이고, '시의 나라'는 시인이 말로 그린 자연의 이미지이다. 시적 이미지는 '말로 그린 정열적 그림'이라고 정의한다. 나는 시를 영혼의 숲이라고 생각한다. 특히 연작시는 영혼의 밀림이다. 내가 금년에 80회 생일을 맞으면서, 지난 전쟁의 상

처와 불구의식으로 멍든 초기의 숲에서부터 오늘의 거
듭난 생명의 숲까지 모은 것이 『숲의 나라, 노래와 춤』
이다. 슬프든 기쁘든 내 시는 내 영혼의 노래와 춤이다.

  1부의 '숲의 나라' 10편은 신작이며, '그림자' 연작에서
부터 2부와 3부까지는 내가 살아온 아픈 숲길이고, 4
부는 숲을 이루는 기본 요소인 '빛, 공기, 물'의 이미지
를 그린 것이다. 빛은 하늘이고, 공기는 땅이며, 물은
인간존재이다. 동양철학의 천지인(天地人)과 기독교의 삼
위일체(三位一體)의 이미지이다. 지난날의 시를 읽으면서
지금도 나는 흐느껴 운다. 눈물로 가꾼 영혼의 숲이다.
우리말의 '울다'와 '웃다'는 그 어원이 같은 '존재의 구현'
이라고 한다.

유승우

- 한숲 유승우 연작시 모음

차례

제1부

숲의 나라

숲의 나라 1

숲의 나라에는
사람이 오가는 길은 없고,
하늘만 쳐다보는 풀잎과 나뭇잎의
초록의 눈길만 무성하다.
빛을 향한 잎들의 간절한 눈길들,
푸른 합창이 되어, 마침내
하늘의 큰 귀를 울리고 있다.

숲의 나라 2

숲의 나라 백성들의 입,
풀잎과 나뭇잎들이 주고받는
푸른 속삭임, 그 말씀에
바람이 곡을 붙여 연주하는
노래와 춤의 바다,
사람의 귀에는 들리지 않고,
하늘의 귀에만 들리는….

숲의 나라 3

숲의 나라 민초들인 풀숲은
내세울 만한 뼈대가 없다.
'뼈대 있는 집안'이라고
가문을 자랑하지 못한다.
물려줄 만한 뼈대가 없어서,
씨를 맺어 바람에 날려 보내
제 씨를 퍼뜨릴 뿐
가지를 뻗어 세습하지 않는다.

숲의 나라 4

풀들이 모여서 이룬 풀숲의 나라,
나무들이 모여서 세운 산림의 나라,
풀들은 낮은 들판에서 나라를 이루고,
나무들은 깊은 산속에서 나라를 세운다.
풀들과 나무들이 세운 숲의 나라엔
사는 일만 있고, 죽는 일은 없다.

숲의 나라 5

풀과 나무는 집을 짓지 않고도
지붕도 간 막이도 없는
끝없이 넓고 큰 하늘 집에 살면서,
풀숲은 풀벌레들의 삶터가 되고,
나뭇가지엔 새들이 둥지를 틀고,
나무숲은 산짐승들의 우리가 된다.

숲의 나라 6

잎만 있고 입이 없는
풀과 나무는
먹지는 못하고, 먹히기만 한다.
아주 작은 애벌레가
잎을 갉아 먹을 때,
사각사각 먹히는 소리가
애벌레의 입맛을 돋워준다.
먹히는 목숨의 소리가,
살리는 생명의 노래가 된다.

숲의 나라 7

봄이란 이름으로 오시는
숲의 나라 임금님,
그 모습이 보이지는 않지만,
자잘한 풀포기, 바위틈에 등이 굽은
나뭇가지 하나하나 지나치지 않고,
봄볕과 봄바람의 손길로
풀뿌리와 나뭇가지를 어루만지면
파릇한 미소로 새싹들이 눈뜬다.

숲의 나라 8

봄볕의 햇살들이 환하게 몰려와서
나뭇잎 풀잎들과 반짝반짝 속삭이면,
그 맑은 목소리 멧새들이 알아듣고
뻐꾸기는 뻐꾹뻐꾹, 꾀꼬리는 꾀꼴꾀꼴
모두 다 제소리로 바꾸어서 노래하고,
봄기운을 눈치 챈 나비들도 흥겨워서
나풀나풀 춤추며 꽃을 찾아 날아든다.

숲의 나라 9

밤이면 어둠들이 캄캄하게 다가와서
초록의 잎사귀와 울긋불긋 꽃빛깔을
까맣게 색칠하여 어둠속에 가둬놓고,
어둠이 가둘 수 없는 숲속의 물소리만
더욱 목청을 돋워 노래하며 흐른다.
그 맑은 물소리가 별들의 잠을 깨워
눈을 뜬 눈망울들 반짝반짝 눈짓한다.

숲의 나라 10

겨울잠에 푹 빠졌던 풀뿌리와 나뭇가지
봄볕의 따뜻한 입김 온몸으로 느끼고
가늘게 실눈 뜨고 눈 비비며 일어나
지난봄에 벗어버린 꽃빛깔을 찾아 들고
꽃 대궐 차릴 생각에 몰두하고 있을 때,
산언덕을 산책하던 쌀쌀맞은 봄바람이
봄추위에 떨고 있던 구름떼를 몰고 와
꽃샘 비바람으로 꽃 대궐을 허문다.

숲의 나라 11

겨울의 숲은 솔직하다.
모두들 옷을 벗어버리고
한 해 동안 자란 키를
서로 알몸으로 대보고 있다.
머루, 다래, 칡넝쿨
길게 뒤틀린 사상이여
그 치열하던 갈등을 버리고,
남의 허리를 움켜잡던
야욕의 길고 가는 손가락들도
이젠 부끄러운 듯
빈 손바닥을 털고 있다.

숲의 나라 12

깨끗한 얼굴
맑고 푸른 눈동자
한 점 구름도 없이 냉철한
겨울 하늘이
산봉우리나 들판이나
먼 변두리까지
공평하게 내려앉아
벗은 나무들의 솔직한 성실을
골고루 살피며 어루만지면
초연한 자세로 손짓을 하며
고집을 흔들며 불어오는 바람에
지난 가을에 벗어버린
낡은 사상을 날려 보낸다.

숲의 나라 13

짙은 어두움이 내려
파리한 가지들의
가난하고 쓸쓸한 눈 울림을 막으면
다만 혼자서 꼿꼿하게
의지를 세우며 숙연해진다.
발밑에선 산짐승들이
허리를 길게 펴며
캄캄한 어둠을 토해내고,
굶주린 산쥐의 무리가
발톱을 갉아먹으면,
모든 신경을 귀로 모으고,
차갑게 달려드는 바람을 견디며,
몸을 흔들기도 하고
어느 것은 밤새도록
엄마야, 엄마야 다정한 땅이여
뿌리를 더욱 깊이
껴안아 달라고 칭얼거린다.

숲의 나라 14

겨울의 아름다운 깃털을 가진
산새들의 따뜻한 가슴이
가지마다 귀엽게 걸린다.
오늘 못다 부른 노래를
가슴깊이 넣어둔 산새들이
파리한 가지 끝에
풋과일처럼 열려서
내일 부를 노래를 익히고 있다.
그러면 겨울 가지들은
가난한 손을 모으고
어느 것은 열심히 성호를 그으며,
마음이 가난한 자는 복이 있나니
간절한 기구로 하늘을 받들면
희디 흰 은총의 눈이 내린다.

숲의 나라 15

숲에 가 보면
나무들이 골고루 제 자리를 지키고 있다.
바람이 불어와 흔들어도
그 고른 어울림 흩어 놓지 않고
아름답게 한쪽으로 빗질해 준다.
높은 것은 높은대로,
낮은 것은 낮은대로,
모두 그렇게 서 있음이
스스로 타고 난 모습이기에
온 숲의 노래가 바다 이루어
푸르게, 푸르게 출렁인다.

숲의 나라 16

별들은 한사코 아래로만 눈길을 보낸다.
누구와 눈길을 맞추어야 할까
언제나 깜빡깜빡 걱정하면서….
나무들은 한사코 하늘만 쳐다보다
밤눈이 어두워서 캄캄한 숲이 되어
별들의 진한 속삭임 알아듣지 못하고
가슴 속에 날아들어 잠든 멧새들,
아침이면 별빛처럼 날아오를까.

숲의 나라 17

물귀신도 추워서 달아난
겨울 가람 가
긴 긴 겨울밤을
하얗게 깨어서 흐느끼는
갈대의 기도,
여름의 뜨거운 햇살 아래서
푸르게 일어서던 핏발을 잠재우고
가을의 짓 푸른 달빛 아래서
달빛과 어울리던 바람기도 벗어버린
하얀 알몸의 기도,
거룩하게, 거룩하게
겨울 하늘로 피어오른다.
어둠도 조심스레 물러서서
뿌옇게 머뭇거리고,
밤의 가람물결이
허옇게 몸을 뒤척이며
잠 못 이루고 있다.

숲의 나라 18

겨울이 오고
메마른 풀포기 밑둥에
조금 남은 파릇함이
파랗게 눈뜨고 밤을 새운다.
빈 가지에 걸린
멧새들의 발가락이
빨갛게 눈뜨고 밤을 견딘다.
메마른 잎사귀들이
사각사각 지껄이며,
산비탈을 오르내리고,
내 가슴 속 하얀 외로움이
겨울 달로 떠서 밤을 지킨다.

그림자 1

겨울의 흰 달빛 속에선
내 모든 뼈마디가 희게 운다.
밝은 달이야 무슨 죄가 있겠냐만
젊은 나이에 시앗 본 우리 엄마
쓸쓸한 빈자리와 밤을 새울 때
마당가 대추나무도
제 그림자를 붙잡고
밤새도록 놓아주지 않았다.
슬픔이 지극하면
영혼이 육신을 떠나듯이
어둠이 더 어두워질 수 없을 때
제 몸을 불태워 달빛이 된다.
아픈 달밤을 새우다, 새우다
엄마는 나를 낳고
아 나는 외로운 아이
삼십 년을 두고 발끝에
긴 그림자를 키우며 산다.

그림자 2

빛을 향해 일어서는 파도의
허리를 붙잡고 매달리는 그림자.
높은 파도일수록
큰 그림자를 낳는다.
거북이처럼 육지를 향해 기어오는
파도여, 파도여
거북이처럼 바다를 덮고 기어 다니는
어둠이여, 어둠이여,
결국 이 추운 계절에
깊은 속 바다의 어둠까지 기어 나와
내 가슴의 등불을 끄고,
이 캄캄한 바다 위에서
나는 그림자를 키우며 산다.

그림자 3

새가 난다.
그만한 그림자가 또 붙어서 난다.

새의 날아오르는 힘보다
어둠의 무게가 짙어질 때
새는 떨어진다.

죽은 시간의 끊임없는 하강.
삼십 년을 두고 내 등 뒤에 떨어져
반생의 긴 그림자를 키워온
어두운 소멸.

새가 난다.
그만한 그림자가 또 붙어서 난다.

그림자 4

낮에 내가 깨어있는 동안은
내 그림자는
내 발끝을 떠나지 않는다.
내가 하는 대로 순종하며
저대로의 생애를 이어가고 있다.
내가 잠이 들면
그림자는 나를 떠나, 저 혼자
내가 다니던 거리를 헤맨다.
내 친구의 꿈길에도 들르고
아내의 꿈속에 들러
아내의 그림자와 만나
더욱 깊은 인연을 맺기도 한다.
언젠가 내가 이 세상을 하직하면
쓸쓸히 혼자 남은 내 그림자는
이승에 남아있는 사람들의
외로운 창가를 기웃거리다가
그들의 꿈길에 들르곤 할 것이다.
지금 내가 밤마다
꿈길에서 먼저 간이들을 만나보듯이.

그림자 5

누가 활을 쏜다.
화살은 먼 하늘을 건너와
과녁에 정확하게 꽂힌다.
어둠의 저쪽에서
쉬지 않고 달려와
시시각각으로 과녁에 꽂히는 화살들.
이승에서 나는
쿵쿵 울리는 소리만을 듣는다.

어둠의 저쪽에서
처음 이승으로 건너오는 아가의
첫 울음 소리.
아 진하게 타는 불꽃이다.
아직 싹트지 않은
그림자의 씨앗이 숨겨져 있다.

그림자 6

여름이 깊어
빛이 무성하다.
무성한 빛이 끌고 오는
그늘은 더욱 깊다.

깊은 그늘에 빠져
빛이 죽는다.
빛이 죽으면
어둠이 된다.
그래서 낮이 짧아지고
밤이 길어지는
늦여름,

나이 서른다섯이면
무성한 여름.
무성한 잎사귀들의
뒤 꼭지가 목마르다.
새벽엔 잠이 안 온다.

그림자 7

바람이 분다.
나뭇가지처럼 마음이 흔들린다.
이웃 노파의
앙상한 형체가
골목 담에 비스듬히 걸려있다.
이승의 담에 걸려
저승을 넘겨다본다.
흔들리지 않는 자세다.
다만 젊은 나무들의 발끝에
숙명처럼 매달린 그림자들만이
떠나고 싶은 소원에
온종일 땅을 할퀴며 몸부림치고,
이슥한 밤중까지
하얗게 바랜 앙상한 형체가
내 가슴의 뒤 켠
골목 담에 걸려있다.
허연 달빛이 되어 걸려있다.

그림자 8

가을이 깊어가면서
가로수의 그림자들이
나날이 수척해간다.
길어지는 밤을 새우고 나면
몇 개의 잎들이 또 고향으로 돌아가고,
아 나날이 수척해지는 그림자.
오늘 아침에도
내 머리털은 많이도 빠졌다.
환하게 비어가는 이 허무를
내 주위는 너무도 쓸쓸하군.
작년엔 형님이 죽고,
어제 밤엔 또 많은 잎들이 떨어지고
앙상한 내 뼈대의
가로수 가지가 바람에 운다.
떠나가는 살붙이를 못 잊어
울어대는 가지의 아픈 소리들이
오늘 새벽엔
짙은 안개로 세상을 적신다.
안개가 걷히면
더욱 수척하게 길가에 누워있을
앙상한 가로수의
내 외롭고 긴 그림자를 생각한다.

그림자 9

내가 걸어온 골짜기
어둡고 깊다.
서른 네 개의 나이테가
빈 가지에 걸려 흔들리고,
피 묻은 낙엽들이
바람에 굴러다닌다.
퇴색한 달빛 속으로
슬픔이 다리를 절며 걸어 나와
냇가에서 상처를 씻는다.
씻어도, 씻어도 지워지지 않는 아픔을 끌고
산비탈을 서성거리는
내 반생의 그림자.
아 손이 하나뿐이다.
앙상한 가지에
얼굴을 부비며 흐느끼는 안개처럼
머리 풀고 달려와
내 발목을 밟고 쓰러지는
외로운 그림자.
나는 비틀거리며
뒤도 돌아보지 않고 걷는다.

그림자 10

새벽마다 골목길을 쓰는
이웃집 노인.
칠십 평생 발끝에 키워온 긴 그림자,
그 어둠의 끝에 걸린 손바닥만 한 빛
일그러진 얼굴이 쓸쓸하게 웃는다.
저승의 어둠을 넘겨다 볼만치
키가 자란 긴 그림자, 그 한 끝에 걸려
희미하게 반짝이는 빛. 새벽마다
골목길에 깔린 하룻밤만큼의
죽은 시간을 쓸어버린다.
빛이 엷어지는 늦가을에 떨어진 잎사귀들을,
그 무성하던 젊은 날의 욕망을 쓸어버리며
쓸쓸한 가지 끝에 걸린 마지막 입새,
손바닥만 한 빛, 일그러진 얼굴이
바람에 흔들린다.

그림자 11

저녁나절이면
산이 벗어던지는
누더기 같은 산 그림자가
들판에 와 드러눕는다.
밤은 날마다
이 어둡고 축축한 누더기를 주워 입고
어깨를 무겁게 늘어뜨린 채
나의 집 대문 앞에 와 버티고 선다.
이 음산한 걸인의 어둡고 깊은 눈,
나를 응시한다.
아쉬움을 남기고
세상을 하직한 사람들의
그립고 저린 한, 밤마다
산그늘에 묻어 내려와
사람들의 마음을 뒤진다.
이 음산한 걸인의 어둡고 깊은 눈
나를 응시한다.
이 어둡고 축축한 시선에 잡혀
나는 밤마다 꿈속에 빠지고
산그늘이 되어
저승의 그림자와 만난다.

그림자 12

환한 빛이 지나간 빈자리에
몇 마리 희미한 그늘들이 모여 서서
풀 수없는 외로움에
서로 끌어안고
딱딱한 어둠이 된다.
아직 나이어린 어둠은
남대문 지하도나
노동자 합숙소의 빈 방구석에
누워 있다가
저녁나절 기어 나와
오가는 사람들의 고단한 발목에
어둡고 긴 그림자로 매달린다.
밤이 깊으면
이미 성숙한 어둠은
검은 망토를 걸치고,
나에게 담배를 권하며
내 가슴속 깊은 곳에
자기가 누울만한
튼튼한 자리를 요구한다.

눈망울 1

차가움을 만나서 뜨인 눈망울
가슴이 시리도록 사무치는
이슬은 아프구나, 버림받은 목소리.
어둠에 갇혀서 그리고 끝없이
하늘 갈피를 나는 헛디디며
보이지 않는 산기슭, 가슴 속 벼랑에서
짐승이 울어, 짐승이 울어
붉은 꽃잎 지듯 나는 넘어지고,
이아침 풀잎마다 발가벗은 목소리로
반짝반짝 소리치며 아프게 죽어가는
그리고 다시 눈뜨는 차가운 눈망울.

눈망울 2

깨어 있으면
아무도 외롭진 않아
끝없는 바다 위에 떠 있는 섬도
그냥 버려두지는 않아
큰 물결 작은 물결 잇달아 찾아 와
가물가물 잠 속에 빠지는 나를
흔들어 깨워서, 그 까만 눈망울
즈믄 해를 두고 깜빡이게 하니….

눈망울 3

그대 잠들면 외로울 거야
몸집이 너무 커서 누워있는 바다
잠 못 들게 하려고 흔드는 바람
그 보이지 않는 빈 힘은
키가 너무 커서 없는 하늘이
잠들지 않겠다고 흔드는 몸짓.
그래서 어둠이 밤을 데리고 오면
별들도 또렷또렷 맑은 눈망울.

눈망울 4

혼자 있어도
나는 잠들지 않을 게야.
창 밖에 몰려와 웅성거리는 바람결
그 빈 손아귀에 붙들려
차가운 하늘 건너온 하얀 눈송이
내 또렷한 창유리에 날아 앉아서
눈물 가득한 눈망울로
까맣게 날 부르는 깊은 늪 위에
드디어 날아오는 물새 한 마리.
나를 더욱 멀리로 이끌어 가는
너의 하얀 손, 검은 눈망울.

눈망울 5

아무도 봐주지 않을 때
별은 더욱 반짝여.
몇 십만 광년의 하늘을 건너 와
또 몇 십만 광년 깊이의 물속에 잠겨,
두 하늘 끝에서 사무치는 마음이야
보이지 않으면서 반짝이는 눈망울.

눈망울 6

어두움이 나를 가둬 혼자이게 할 때
나는 가끔, 가람 가에
다만 혼자 서있는 갈대라고 생각지만,
내 가슴 속 가장 깊은 곳
검푸른 물결 위로
떼로 몰려와 찰싹이는 그리움.
물결 타고 깨어지는 별들의 알몸은
어두울수록 빛나는 너의 눈망울.

길 1

붉은 산등을 넘어
울음 울 듯 아프게 기어왔다.
피어나는 그리움
구름 속 한 점의 새.
이렇게 아픈 운명을 꼭– 쥐고
하나뿐인 내 오른손
허전해서,
허전해서,
말의 길을 따라 달려왔다.
나를 따라온 건
빈 바람뿐, 바람소리뿐.
붉은 발바닥만
몹시 시리다.

길 2

달빛 푸른 밤이면
허옇게 마른 등허리를 꾸부리고,
산등을 넘어간다.
잠든 마을을 기웃거리다가
개소리에 쫓겨
끝없는 들판을 혼자 길게 건너가며
휘파람을 분다.
바람아, 바람아
내 이 끝없는 떠돌이 버릇을
너만이 알고 따라와 주나니
나는 참말 어느 마을에도 찾아들 수 없구나.
이렇게 헤매다가
새벽녘 길게 자빠져 잠들면
생활의 발자국에 내 등 짓밟히고
어린 것들, 어린 것들 학교 가는 발걸음.

길 3

창백한 얼굴의
장삼을 둘러 입은 월명사의 달.
부끄럽게 떠올라
어둠을 걷어 올리면,
거기 닦아 놓아 열리는 길.
여인의 허벅지처럼
하얗게 알몸으로 달려가
바닷가에 이르러
마침 달려온 큰 물결에
몸을 던진다.
잘 씻긴 모래 한줌.
비로소 깨어지는 달빛
흐느껴 운다.

길 4

한밤에 혼자 깨어
긴 몸을 주-욱 편다.
짙은 어두움에
발목이 끊긴다.
메마른 머리털을
흔들어 세우는 바람결.
혼자 남은 가슴
자욱한 안개로 피어오르고,
안개 속에서 울어대는
보이지 않는 새야,
머리카락 한 올
적시지 못하고 걷혀가는
목마름.
허옇게 마른 긴 몸을 뻗고
나는 오래 오래 죽는다.

길 5

멧부리에 무덤이 하나 있어
산비탈에 하얀 길을 걸어 놓는다.
아무것도 아닌 무덤은
그 길을 더욱 넓혀
마을로 내려 보낸다.
무덤과 마을이 이어지는 길.
빈 바람은
흰 구름 몇 조각 띄워 놓고,
바람 속 한 점의 새
쓸데없이 울고,
꽃은 지면서 비가 되어 내린다.
사실 무덤엔
길이 필요 없는데
살아 있는 사람들을 데려다
잡초를 베어,
확실하고 흰 길을 마을 앞에 걸어 놓는다.

길 6

서풍이 불어오는 새벽
집 없는 것들이
겨울밤을 지새운 들판엘 나가 보았다.
바람이 떼를 지어 동쪽으로 달려가고
마른 풀들이 온몸을 굽혀
동쪽으로 가고 싶은 뜻을 보인다.
내 머리털, 머리털도
해 뜨는 쪽으로 몸을 굽히지만
저 뿌연 새벽길만이
혼자 꾸불꾸불 산모퉁일 돌아가고
빈 과자봉지. 마른 나뭇잎 몇 개
허둥지둥 그 뒤를 따라 나선다.

길 7

온 마을이 다 잠들었다.
가끔 개 짖는 소리만이
빈 하늘로 달려가다가
다시 잡혀 들어와 잠들곤 한다.
이 단단한 평화 속
집집마다에서 몰래 기어 나온
뽀얀 길
마을 앞에 모여서
이웃 마을로 떠난다.
바람이 그 뒤를 따르며
발자국을 지워준다.
이웃 마을에
다다른 길.
뿔뿔이 헤어져
잠든 문간으로 숨어든다.
남몰래 오가는
뽀얀 마음.

길 8

바람 속 한 점의 새
피맺혀 우짖는다.
아직 젊어있다는
이 뻐근함.

몸과 마음을 띄워 올리는
날개의 긴장감.
이 팽팽한 목숨을
놓고 싶지 않아.

까마득한 떠오름
아픈 목소리
끝이 없는 끝에서
반짝이는

투명한 너무 푸른
하늘빛.
살아있는 고마움의
아픈 눈물
싱싱한 빗줄기, 소나기 줄기,
들판을 건너가는 나의 젖은 길.

길 9

다시 봄이 온다.
네게로 가야 할 까닭이 눈을 뜬다.
네가 믿는 하늘
갈피마다에선
아지랑이 여린 손이 피어오르고,
그 아름아름한 손끝에서
퍼덕이며 날아오르는
한 마리, 노-란
비발디의 봄새,
길을 잃는다.
내가 벗어버린 인종의 낡은 구두
봄비에 젖고 있다.

길 10

창유리가 깨어져
번쩌나간 가느다란 금.
그것도 하나의 길이 된다.
아픈 그 길은 가다가 끝난다.
나는 꿈속에서
그 길을 따라가다가
깨어지지 않은 부분에서 막혀버린다.
아 목마름. 누가 큰 돌을 던져
맑게 가두는 이 아픔을 깨고
쨍그랑, 쨍그랑
나를 던져 다오. 던져 다오.

꿈 1

바다로 가자.
바다로 가자.
깊은 뫼 바위틈에 솟아난 물이
하얗게 짓거리며 길을 떠난다.

잘 가거라.
잘 가거라.
깊은 뫼 바위틈에 피어난 꽃이
빨갛게 바라보며 손을 흔든다.

꿈 2

송사리 새끼, 송사리 새끼들,
낮이면 칼날 같은
하얀 낮달,
입마다 물고 싸움놀이 하는
가슴 속 꿈 냇물에 밤이 되어도
눈망울 망울마다
별빛 켜 들고
볼그레한 사랑의 길
비틀 비틀 쏘다니는
송사리 새끼, 송사리 새끼들.

제2부

달빛 연구

달빛 연구 1

달빛은 젊은 계집의 알몸이다.
폭포의 흰 물살에서 이제 막
몸을 씻고 달려온 촉촉한 알몸
내 창가에
가득히 매달려 웅성거린다.
그 풋풋한 몸짓의
알 수 없는 힘에 끌려
새벽 세 시,
잠에서 깨어난 나의 눈망울,
푸르게 빛난다.
달빛에 젖어, 달빛에 젖어
내 마음도 푸르게 춤추는 알몸이 된다.

달빛 연구 2

달빛은 모두의 잠을 깨운다
푸르게 울림 하는 달빛,
둥, 둥, 둥 온 누리에 울려 퍼지면
캄캄하게 잠들었던 가람 물결도
출렁출렁 노래하며 어깨춤 추고,
가람 가 언덕의 풀잎들도
반짝반짝 소리치며 팔을 쳐든다.
달빛에 취해, 달빛에 취해
나두야 한 줄기 시냇물 되어
먼 들판 건너가며 지절거린다.
저승의 문턱까지 달려가서는
푸르른 달안개로 피어오른다.

달빛 연구 3

달빛은 내 첫사랑의 계집이다.
아내 곁에 잠든 내 꿈속으로
아무도 몰래 아득하게 몰려와
먼 바다의 물결인양 귀를 적신다.
나는 죄짓듯 아내 몰래 일어나
달빛 출렁이는 마당으로 나선다.
도시의 소음마저 잠든
새벽 세 시.
달빛 속을 서성이는 쓸쓸한 몸짓,
허물인 듯, 허물인 듯 나는 부끄러워
열여드레 달보다도 더욱 이지러진
내 목숨, 어둡게 무너지는 한 끝을 본다.
먹이 찾아 헤매다가 날개를 다친
물새 한 마리,
달빛 물결에 빠져 퍼덕거리고….

달빛 연구 4

달빛은 나를 키운 먹이 같은 것.
겨울철 석 달 동안 우리 엄마는
하얀 달빛으로 나를 키우고,
노란 봄 달빛에 나를 익혀서
1939년 음력 4월 17일
초승달 같은 나를 낳으시고,
왜놈들에게 모두 빼앗겨
배고프게 사시던 나의 어머니,
사랑마저 빼앗긴 가슴 속에서
달빛 먹으며, 달빛만 먹으며,
뼈대와 마음이 자라난 나는
쉰 살의 마루턱에 올라서서도
맑고 푸른 하늘 뜻 알지 못하고
1988년 4월 17일
보름에서 이틀 지난 생일 달처럼
하순으로 기우는 목숨을 본다.

달빛 연구 5

겨울의 흰 달빛은
하얗게 흐느끼는 울음소리다.
1·4후퇴 때 폭격에 끊긴
내 왼손목의 어린 손가락들,
겨울나무의 앙상한 가지 끝에 걸려
하얗게 운다. 내 끊긴 팔목에
차갑게 매달린 의수,
그 손가락 끝으로 흐르지 못하는
내 가슴 속 좌절의 피, 마침내
겨울의 흰 달빛으로 풀려
앙상한 가지 끝에서 하얗게 흐느낀다.
겨울이 깊어 갈수록 의수의 손가락들은
싸늘한 물건으로 굳어가고,
나는 차가운 울음을 삼키다가
겨울 달빛의 하얀 가시가 목에 걸려
겨우내 목감기를 앓는다.

달빛 연구 6

우리나라의 달빛은
외로운 넋들의 울음소리이다.
이 땅의 달빛이 울려 퍼지면
지난 전쟁 때 외롭게 숨진
이국 병사들의 쓸쓸한 넋들,
달안개로 흐느끼며 피어오르고,
포탄에 찢겨 흩어진 붉은 살점들
달빛에 젖은 나뭇잎 되어
새롭게 피 흘리며 바르르 떤다.
희디 흰 살갗에 털이 숭숭 난
백인들의 끊긴 손목과 발목
향수의 간절한 바람이 되어
캄캄한 산비탈을 오르내리고,
호떡처럼 누렇게 마른
중공군 병사의 애띤 얼굴들
북한강 상류의 여울목에서
일그러진 달빛으로 물속에 잠겨
서해로, 서해로 울며 흐른다.
아, 이 땅에 달빛 비치면
나는 한밤 내 가슴이 뛴다.

달빛 연구 7

북한강 상류의 푸른 달빛은
나를 키워온 슬픈 가락이다.
미군이 먹고 버린 빈 깡통을
소중한 보물인 듯 주워 모아서
허리에 꿰어 차고 신명이 나서
달빛 속에서 뛰어놀던 외팔이 소년,
달빛 받아 반짝이는 노란 탄피
보물 찾듯 빈 깡통에 주어 담으면
덜그렁, 덜그렁 울리는 가락,
눈물 나게 배고픈 전후의 들판을
무섭게 달려가는 미군의 트럭,
헬로우 오케이, 기브 미 짭짭,
애절하게 흔들던 우리의 손짓,
북한강 가람가의 갈대꽃처럼
달빛 속에 하얗게 춤추고 있다.
내게 있어 푸른 달빛은
내 시를 키운 슬픈 가락이다.

달빛 연구 8

새벽 달빛은 우리들 가슴에 박힌
아픈 쇠붙이다.
목발을 짚고 절뚝이며 살아 온
늙은 상이용사의 무릎에 박힌
까맣게 멍든 파편,
40년 동안을 달빛에 절어
이제는 우리들 가슴에 박힌
빨간 쇠붙이 조각이 되어
새벽하늘에
피 묻은 조각달로 걸린다.

달빛 연구 9

남쪽 겨레 사천만의 아픈 바람이
달빛물결 이루어 밀물져 가고,
북쪽 겨레 이천만의 애달픈 바람
푸르른 달빛 되어 밀려오다가
휴전선 철조망 가시에 찔려
새빨간 핏방울로 맺혀 있구나.
휴전선 가까이에 피어난 꽃들
유난히 붉게, 붉게 타오르는 뜻,
임진강 가람물결 목이 메어서
달빛 안고 흐느끼며 울어 예는 뜻,
허리 끊긴 이 나라에 달빛 비치면
철조망 가시 끝에 맺힌 핏방울
한 맺힌 육천만의 붉은 잎 되어
우리는 한 겨레다 외치고 있다.

달빛 연구 10

달은 딱딱한 돌덩이라고 한다.
끝없이 아득한 하늘 집에서
셀 수 없는 나날을 홀로 견디며
아무 별에나 몸 던져 별똥별 되지 않고
까마득한 외로움 견디다 못해
온몸이 캄캄하게 굳어 졌느니,
소박맞은 계집의 무서운 마음
초이렛날 찾아온 지아비 앞에
날이 선 칼날 하나 걸어 놓는다.
보름밤에 찾아 온 지아빌 맞아
온몸으로 되돌리는 수정덩어리,
그래서 달빛 속에는
한 맺힌 계집의 독이 흐르고
뉘우치는 사내의 한숨이 있다

달빛 연구 11

달빛은 따뜻하지 않다.
몸을 덥히지 못하고,
마음만을 축축하게 적신다.
달빛에 젖어 축축한 마음을
형광등 불빛에 말리며
하얗게 서성거리는
청량리 역전의 아가씨들.
그네들은 눈사람이다.
달빛이 그들의 가슴 속에서
뾰족한 얼음의 가시가 되어
마음의 속살을 찌르면
돌아오지 않는 딸들을 기다리며
잠 못 드는 어미들의 눈에서
새빨간 피가 흐른다.

달빛 연구 12

달동네에 내려온 달빛이
연탄가스에 까맣게 그을려
캄캄한 절망의 몸짓이 되어
펄럭이고 있다.
꺼멓게 그을린 하루를 벗어놓고
아픔을 잠재우는
달동네의 밤,
콜록 콜록
기침소리가 까마귀 떼처럼
날아오른다. 기침소리만
캄캄하게 날아오르는
달동네의 꿈,
굴뚝 옆 장대 끝에 걸려 있는
점쟁이의 깃발처럼
캄캄한 절망의 몸짓이 되어
우리들의 가슴 속에서
오래 오래 펄럭이고 있다.

달빛 연구 13

공장의 굴뚝 끝에 걸려서
까맣게 그을린 달,
빨갛게 핏발선 눈에서
검붉은 달빛이
눈물처럼 흘러내려
우리들의 가슴을 적시고 있다.
밤새워 일하는 소년공의
졸음의 눈망울 속에
노랗게 젖어 있는 달빛,
밤이 깊어 갈수록
하얗게 죽어
눈곱으로 밀려나오고,
꿈의 속살을 물어뜯으며
하얗게 다가오는 새벽,
온 하늘이 까맣게 그을린
어두운 시대의 굴뚝 끝에
빨갛게 걸려 있는 새벽달처럼
핏발선 눈으로 공장을 나서는
소년공의 그을린 얼굴,
일그러진 아픔이 되어
우리들의 가슴을 적시고 있다.

달빛 연구 14

고속도로에 내린 달빛이
자동차바퀴에 깔려 부서진다.
검은 아스팔트 위에서
노랗게 부서지는 꿈 조각들,
달뜨는 밤이면
뽀얗게 잠을 깨는 시골길 따라
이웃 마을로 이어지는
농부들의 가난한 꿈이
아스팔트 위에서 깨어지고,
발목이 끊긴
꿈같은 시골길만이
짙은 기름 냄새에 취해
절뚝거리며, 절뚝거리며
마을로 되돌아온다.
마을의 개들이
무심한 달을 향해 짖어댄다.

달빛 연구 15

절뚝절뚝 골목길을 헤매는
서울의 달빛은 절름발이다.
길가에 웅크리고 앉아있는
서울의 달빛은 곱사등이다.
하수구에 빠져서 철퍽거리는
서울의 달빛은 쥐새끼이다.
머리 풀고 한강 둑을 기어오르는
서울의 달빛은 물귀신이다.

달빛 연구 16

달빛이 겨울가지에 걸려 울고 있다.
바람이 따라와 같이 운다.
유리조각처럼 반짝이며
하얗게 흩어지는
겨울의 아픔,
내 가슴 속에 쌓여
낫지 않는 감기가 된다.
스물네 살에 홀어미 되어
예순까지 살아 온 누님의
해묵은 기침소리가
내 가슴 속 저 밑창에서
겨우내 울려오고 있다.

달빛 연구 17

달 없는 밤이면 캄캄하게 엎드려
역사의 아픈 상처 홀로 달래며,
피처럼 붉은 울음 밤새 삼키는
유난히도 한 많은 이 땅의 멧부리들,
그 깊은 가슴 속
저승 같은 골짜기에 묻힌 설움이
달빛이 주문처럼 울려 퍼지면
제일 먼저 어둠 털고 일어나
쾅쾅 소리치는 폭포로 걸린다.
반만년의 긴긴 아픔이 달빛에 취해
순간으로 쏟아 붓는 하얀 물줄기,
백두에서 한라까지
온 산이 머리 풀고 무당춤 추는
저승처럼 한이 깊은 달빛 풀이 굿.
달빛은 무가(巫歌)처럼 울려 퍼지고….

달빛 연구 18

부화기로 갓 까낸 병아리 같은
노란 외로움을 가슴 속에 숨기고
남 몰래 한 보름쯤 키우노라면
나의 아픔 알아채신 하늘아버지
둥글게, 둥글게
보름달 하나 걸어 주신다.
아무도 몰라, 아무도 몰라,
캄캄하게 홀로 삼킨 나의 눈물이
보름달 환하게 걸린 밤이면
죽음 같은 골짜기의 냇물이 되어
흐느껴 흐느끼며 흐르는 것을….

달빛 연구 19

보름 달빛이
멧부리에 푸르게 걸려
피리를 불고 있다.
죽은 것들의 깊은 잠을 깨우며
밤안개처럼 무겁고 축축하게 번져오는
달빛, 내 가슴 속에 잠들었던 넋이
빛나는 귀가 되어 일어서고,
산자락마다 둥글게 엎드려 있던
무덤들이 열리면서
배꽃같이 하얀 계집들이
춤추며 걸어 나온다.
피리소리 한참 자지러질 때
나도 하얗게 춤추는 달빛이 된다.
피에 젖어 질퍽한 살을 벗고
하얗게 춤추는 달빛이 된다.

달빛 연구 20

달빛 속에는
먼 바다에 떠 있는 섬처럼
꺼질 듯 꺼질 듯 깜빡이며
내 넋을 부르는 소리가 있다.
잘 익은 포도주의 향기처럼
빨갛게 스며드는 먼 속삭임
눈 뜨라고, 눈 뜨라고,
나날의 물결 속에 잠기는 나를
일으켜 세우는 붉은 목소리,
젊은 계집의 잘 익은 알몸처럼
나를 부르는 가까운 손짓,
내 젊음의 가위눌림,
날아오를까, 날아오를까,
한 마리 갈매기처럼 날아오르면
내 목에도 붉은 달빛이 걸릴까.

달빛 연구 21

달이 뜨지 않는 밤이면
달빛을 불러들이려고
창문을 열 필요가 없으니,
이미 이승을 떠난 어버이를 모시는
제사이듯, 제사이듯
경건의 촛불을 밝히고
가슴의 창문을 연다.
아득히 들려오는 시간의 물결소리
봄, 여름, 가을, 겨울
이렇게 나이 들면서
나를 여기까지 흘러오게 한
푸르고 깊게 출렁이는
시간의 파도, 그 한 끝은
저승에 닿아 있다.
시간도 가고, 사람도 가고, 그리고
내 젊음도 흘러가고,
달빛만이 혼자 남아 울고 있으니,
나는 눈물도 흘리지 않고
촛불만이 혼자 울며 타고 있으니….

달빛 연구 22

달빛에 이끌려 바닷가에 서면
나는 물결에 찢기고, 바람에 날려
지붕도 창문도 없는 신당(神堂)이 된다.
달빛이 먼 바다로부터
힘찬 물결 떼를 끌고 와
내 발 밑에서 목을 잘라
제물로 바친다.
파도의 목이 잘리면서
찬란하게 쏟아지는 황홀한 피비린내
온 신당에 자욱이 감돈다.
이제 나를 버티던 기둥도 쓰러지고,
너와의 사이에 벽도 무너지고,
나는 오직 빈 바닷가로서
푸른 물결들의
달빛 제사를 받고 있다.

귀신 론 1

나는 요즈음
귀신 들린 자에 대해 생각해 본다.
귀신들은 어두운 곳을 좋아한다는데
하나님이 사람의 콧구멍을 통해
불어넣었다는 빛(神)의 씨앗은
들짐승이 모두 파먹었는지, 아니면
멧새들이 다 쪼아 먹었는지
깜빡이는 불씨 하나 피어나지 않고
어둠만이 캄캄하게 웅성거리는
우리의 가슴 속은
긴긴 겨울밤의 어두운 들판처럼
굶주린 들짐승의 이빨 가는 소리와
메마른 바람 떼의 울부짖는 소리들이
한 마당 춤판을 벌이고 있으니
우리는 모두
귀신 들린 자가 된 것이 아닌가.
닭 울음소리는 영영 들리지 않고…

귀신 론 2

귀신이란 원래
어둠 속에서 부풀어 오르는
쓸쓸한 기운이다.
하루해가 서쪽으로 기울면
산그늘에 모여 웅크리고 있던
외로움이
밤이 깊어 갈수록 부풀어 올라
온 누리를 뒤덮는다. 그러면,
우리는 창문을 모두 닫고
마음속에
반짝이는 등불을 켜 들고
쓸쓸한 기운에 저항하지만
한껏 부풀어 오른 어둠은
우리의 등불에 검은 모자(鬼)를 씌워
어둡게 펄럭이게 한다.
검은 등피를 씌운 목숨의 등불
어둡게 깜빡이며…

귀신 론 3

귀신들은
우리의 꿈속으로 어둡게 스며드는
음침한 기운이다.
24시에 이르러 목숨이 다한 오늘이
0시의 캄캄한 무덤 속에 묻히고,
하루 동안 깜빡이던 목숨이
내일을 위해
깊은 잠 속에 몸을 던진다.
그러나 마음속에 숨어 있던
세상의 더러운 찌꺼기들은
아쉬움에 잠들지 못하고
24시에서 1시에 이르는
캄캄한 빈 터에서 어둡게 펄럭이다가
이미 죽은 사람들의 모습을 하고
우리의 꿈속으로 스며든다.
그래서 우리는 밤마다 꿈속에서
죽은 사람들과 만나는
악몽에 시달리며 가위눌린다.

귀신 론 4

산에 올라 맑은 공기를 마시면 가슴이 싸늘해지며 숨
이 가빠 온다. 목구멍이 싸하게 아프며 재채기가 튀어
나온다. 고장 난 기계처럼 쿨룩거리며 기침이 멎지를 않
는다. 높이 오를수록 더욱 심해진다. 높은 산의 맑은 공
기가 내 몸에 맞지 않는 모양이다. 나는 아무래도 저 높
은 곳을 향하여 올라갈 수 없나보다. 숨을 헐떡이며 마
을을 되돌아본다. 돌아보면 소금기둥이 된다는 것도 알
고 있다. 마을은 소금기둥이 녹아 있는 늪처럼 뿌옇게
흐려 있다. 잿빛 죽음의 물결이 출렁거린다. 시멘트 건
물들이 지옥문처럼 물 밑 깊숙이 잠겨 있고, 자동차들
이 그 사이를 물귀신처럼 헤매고 있다. 그렇다. 나는 저
죽음의 물결 속에서 숨 쉬며 견디어 온 이상한 동물이
다. 저 늪 속에서 어둠을 먹고 살이 올라 복어처럼 배
가 볼록하다. 그리고 공기를 숨 쉬는 허파가 변해서 아
가미가 되었나보다. 아가미로는 높은 산의 맑은 공기를
숨 쉴 수 없다. 나는 싸하게 아픈 가슴을 어루만지며
산에서 내려온다. 숨쉬기가 편해지며 기침도 멎는다. 아
무래도 나는 이 늪에서 살아야 하나보다. 어둠을 마시
는 내 영혼의 아가미, 아 내 영혼의 아가미여, 이리 살
다 내가 죽으면 배불 덱이 물귀신이 되지 않을까. 영원
히 이곳을 벗어날 수 없는….

귀신 론 5

우리들이 죽을 때 평생을 발끝에 매달려 끌려 다니던 그림자는 어디로 갈까. 처음에는 제 주인의 무덤가를 서성거리다가, 해가 기울면 산그늘에 웅크리고 앉아 있다가, 밤이 되면 어둠을 타고 마을로 내려와 우리들의 창가를 기웃거리다가, 바람 부는 날이면 바람을 타고 바람소리가 되어 우리들 영혼의 빗장을 흔들다가, 비 내리는 날이면 빗소리가 되어 우리들의 가슴을 적시다가, 달 밝은 밤이면 달빛이 되어 우리들의 마음속에서 흐느끼다가, 우리들의 잠자리가 불안할 땐 꿈속으로 숨어들어 악몽으로 펄럭이다가, 그러다가, 그러다가, 저희끼리 서로 끌어안고 커다란 어둠의 덩어리가 되어, 겨울바람처럼 소리쳐 울기도 하면서, 가을비처럼 훌쩍 훌쩍 울기도 하면서, 봄 달빛처럼 흐느껴 울기도 하면서, 여름안개처럼 촉촉하게, 촉촉하게 울음을 삼키기도 하면서 밤거리를 헤매고 다닐 것이다. 그러면 우리들은 가슴속 어두운 저쪽에서 들려오는 애처로운 울음소리를 들으며, 저승에서 가슴으로 울려오는 귀신들의 소리임을 알 것이다.

귀신 론 6

세상에 도무지
신나는 일이 없다고 생각할 때
텅 빈 가슴 속으로
짙은 어둠이 내린다.
무언가 잡아 보려고
길게 뻗은 나뭇가지가
어둡게 휘어지면서 내 갈비뼈의
어느 부분이 툭하고 부러진다.
부러진 가지 끝에서
절망의 캄캄한 피가 흐르고,
지옥의 별빛처럼 깜빡이는
박쥐의 까만 눈망울들이
눈보라처럼 아득하게 몰려온다.
검은 날개를 펄럭이며
캄캄하게 날아든 박쥐 떼,
가슴 속 가득히 거꾸로 매달려
죽음의 노래를 부른다.
세상에 도무지
신나는 일이 없다고 생각할 때
가슴 속 어두운 천정에서
귀신들의 음성이 들려온다.

귀신 론 7

스물네 살 된 딸애가
그럴 만한 아무런 까닭도 없이
세상과의 모든 줄 닿음을 끊고
사랑 같은 것도 집어치우고
산속에 들어가 혼자 있다가
아무도 모르게 죽었으면 좋겠다는
생각이 든다고, 눈물 글썽이며 털어놓는다.
너는 누구냐, 이제 꽃다운 딸애의
마음을 죽음의 골짜기로 끌고 가려고
그네의 마음속을 서성거리며
검은 옷자락을 펄럭거리는 너는,
1·4후퇴 때 폭격에 끊긴 내 왼손목의
빈 소매를 펄럭거리며 다닐 때,
나를 쳐다보는 사람들의 눈길이
화살처럼 아프게 내 마음에 와 박히면
「병신은 차라리 죽는 게 나을 게야」라고
가슴 속 뒤편에서 속삭이며,
검은 옷자락을 펄럭거리던 너,
이제 내게서 아주 떠난 줄 알았더니,
목숨의 뒤안길로 해서
딸애의 마음속에 가 펄럭이고 있는 너,
검은 옷자락, 허무의 귀신아.

강원도 1

강원도의 산들은
먼 하늘을 우러러
하나같이 간절한 자세로
발돋움하고 있다.
맑은 바람이 다가와
하늘의 비밀을
속삭이고 있지만
나는 들을 수 없다.
봉우리의 어깨 언저리로
안개가 띠를 두르고,
그 위로 솟아올라
빛나는 산이마는
하늘과 깊숙이 만나서
무언가 속 깊은 얘기를
오래오래 속삭인다.

강원도 2

강원도의 깊은
골짜기로 흐르는 물은
가슴에 바위가 걸리면
속으로 흐느껴 운다.
멧부리를 감싸고 돌 때면
운명의 방향이 바뀌는 듯
몸을 비틀며
울음을 삼키고,
벼랑을 만나면
눈을 꼭 감고,
몸을 던지며
하얗게 흐느껴 운다.
그 흐느낌 소리,
마침내 온 세상을
촉촉이 적신다.

강원도 3

강원도의
깊은 산골짜기에는
안개가 눈을 뜨고
무엇을 찾으려는지
천천히 아주 천천히
골짜기를 뒤지고 있다.
젖은 눈망울로
나뭇잎 하나하나까지
돌멩이 하나하나까지
빈틈없이 뒤지고 있다.
그러다가 안개는
산마루로 기어올라
산이마에 걸린
하얀 구름이 되어
제 외로운 마음을
하늘에 계신 아버지께
숨김없이 전하고 있다.

강원도 4

강원도의 산들은
동해에 발을 담그고
바닷속의 깊은 비밀을
살갗으로 느끼고 있다.
구름 위로
얼굴을 내밀고는,
하늘의 높은 비밀을
눈치 채고 있다.
무릎 밑에 달려와
하얗게 부서지는 물결과,
산머리에 백발로 나부끼는
구름의 가벼운 몸짓으로
하늘과 바다의 속뜻을
짚어보고 있다.

강원도 5

구곡폭포의 물은
언제나 같은 모습으로
떨어진다.
머뭇거리지도 않고,
옆을 돌아보는 법도 없이
까마득한 낭떠러지로
몸을 던진다.
결코 비겁하지 않으며,
자신의 용감성을
자랑하려는 의도도 없이
수직으로 하늘에 걸린다.
세상이 어두울수록
더욱 빛나는 순수의 길,
나도 그 길에
동참하고 싶어
폭포 앞에 서면,
나를 가리는 옷만이
부끄러움에 젖어
무겁게 매달린다.

강원도 6

새벽기도를 끝내고 돌아와서
첫 방송을 듣는다.
내 고향 춘천의 기온은
영하 십 육도,
강원도 산간에는 지금
눈이 내리고 있다고 한다.
겨울밤의 추위 속에서도
하늘을 향해 무릎꿇고
밤이 새도록 기도하는
우직한 강원도의 산들을
하얗게 감싸주며
이 새벽 눈이 내리고 있다.
소망의 빛을 머금고
환하게 다가오는 아침,
당신을 향해
나는 다시 무릎을 꿇는다.

강원도 7

내 60년 동안의 삶이란
북한강 가에서 태어나
강물 따라 흘러와
서울의 한 복판에서
썩은 물로 고여 있는 꼴이다.
내 어린 날의 가슴
북한강 물속에서
달빛과 별빛 물고 헤엄치던
작은 물고기들의
반짝이던 꿈, 이제는
썩은 물로 고여 있다.
밤마다 꿈속에서
북한강 가 산비탈에
피어 있는 꽃들이
빨갛게 흐느끼며
날 부르고 있다.
목메어 부르고 있다.

강원도 8

강원도의 산봉우리들은
하늘을 우러러
신비스런 만남을 꿈꾼다.
어느 수도승의 마음이
저토록 간절할까.
먼 하늘 끝에서
가벼운 바람만 일어도
더욱 안타깝게 발돋움하고,
바람 속에 묻어오는
하늘 소식에 귀 기우리다가
아득히 번져 오는
구름 같은 풍문만으로도,
하늘 위로 떠올라
하얀 날개를 퍼덕거린다.

강원도 9

나는 강원도의
흙으로 빚은
못생긴 항아리다.
그 항아리에 담긴
강원도의 맑은 물
내 목숨은
이제 얼마나 남았을까.
나는 이 투박한
운명의 그릇을 짊어지고
60년 동안 헤매면서도.
거기에 담긴 물을
볼 수가 없다.
다만 그 밑바닥에
고여 있는 목숨이
밤마다 강원도의
맑은 물을 꿈꿀 뿐이다.

강원도 10

강원도의 산 속에서는
맑고 깨끗한 샘이
속으로부터 솟아나는
기쁨을 못 이겨
하늘을 향해
동그랗게 웃고 있다.
그 동그란 웃음 속에는
처음으로 하늘과 만나는
강원도의 기쁨이
맑게 넘치고 있다.
하늘이 그 웃음의
눈망울 속에 빠져
맑은 목소리로
사랑한다, 속삭이며,
먼 길을 떠난다.

강원도 11

내 목숨은 이제
세속에 젖어 다 썩었다.
가슴속 먼 골짜기에선
강원도의 맑은 물이
마지막 숨을 몰아쉬고,
마음속 어느 가파른 언덕에
바위처럼 엎드려 있던 순수가
썩은 감자처럼 무너져 내린다.
강원도 산비탈에서 들려오는
소나무들의 푸른 목소리와
시냇물의 맑은 속삭임이
밤마다 내 귀를 적시지만
내 목숨은 안개처럼 헤매다가
젖은 옷처럼 쓰러져 잠든다.

강원도 12

북한강 푸른 물속에는
강원도의 산들이
거꾸로 매달려 있다.
물 표면에 매달려 있으면서도
물 따라 흐르지 못하고
몸을 비틀며 더욱
깊은 곳으로 빠져들고 있다.
나도 이 세상에
거꾸로 매달려 있다.
세상의 물결 따라
흘러가지 못하고,
밤마다 꿈속에 빠져
허우적거리다가
안개처럼 축축하게 젖어서
새벽으로 기어 나온다.

강원도 13

내가 깨어 있는 동안에는
귓속은 세상의 소리로 가득하다.
내 영혼을 찾아오는 어떤 소리도
가슴속에 들어올 수 없다.
강원도 어느 가파른 산비탈에
매달리듯 피어 있는
풀꽃의 보랏빛 속삭임도
귓바퀴를 맴돌다가 스러질 뿐이다.
내 영혼의 방과 세상 사이에는
난초 잎 새만한 통로도 없고,
가슴속에는 풀꽃의 속삭임을
받아 가꿀 만한 화분이 없다.
그러나 내가 잠들면
강원도의 맑은 바람소리와
새소리까지 찾아와
나를 떠메고 고향으로 간다.

강원도 14

새벽에 혼자 깨어
조용히 무릎 꿇고 눈을 감는다.
시계의 초침 소리가 내 둘레에
철조망을 둘러친다.
한 마리 어린 새처럼 서투른
내 영혼의 날개 짓,
철조망 가시에 찔려 퍼덕인다.
대문 밖에서는 쓰레기차의 소음이
교도소의 담처럼 나를 가두고,
한길의 자동차 소리들은
조명등 아래 노출된 내 꿈을 향해
사정없이 집중사격을 가한다.
처참하게 죽어 가는 탈옥수의 귓가엔
푸른 파도 소리가 들리고,
멧새 울음소리가 울려온다.

강원도 15

요즈음 나의 삶이
참으로 막막하다.
사막을 걷는 것처럼
아득하고 목마르다.
어디로 갈까,
모래 바람이 눈을 가리고
모래밭에 빠지는
발걸음이 무겁다.
땅에 귀를 대고 엎드린다.
내가 따라갈 수 없는
지하수의 물소리가
아득하게 들린다.
내 가슴 속 가장 깊은
어느 갈피에서
지하수가 흐르고 있다.

강원도 16

내 호적에 적혀 있는 본적은
강원도 춘성군 남면 방하리이다.
본적은 언제라도 돌아가야 할
내 목숨의 첫 모습이다.
강언덕(江原)의 봄동산(春城)
남쪽(南面) 꽃마을(芳荷里)이
내가 돌아가야 할 첫 모습이다.
이제 늙어 가면서 밤마다
북한강의 젖은 목소리를 듣고,
한 밤 내 그리움에 젖은
내 꿈은 새벽마다
뽀얗게 흐느끼는 안개로 깨어나
유년의 강 언덕을 떠돌며
목숨의 붉은 꽃잎을
적시며 운다.

강원도 17

고향에 가면 먼저
어머니 무덤의
흙을 한 줌 만져 본다.
내 오른손이,
1·4 후퇴 때 폭격에 끊긴,
내 왼손을 만지듯
한 줌의 흙을 꼭 쥐어 본다.
부르르 떨린다.
흙을 털어 버린
내 손바닥에
붉은 흙물이
피처럼 묻어 있다.
먼저 나를 떠나간 어린
왼손의 깨끗한 피다.
피 묻은 손을 가슴에 얹으면
왼손보다도 먼저 가신
어머니의 음성이 들려온다.
나는 흙 묻은 손으로
눈물을 닦아 낸다.

강원도 18

달 밝은 밤이면
내 가슴속에서
북소리가 들려온다.
별들의 눈망울이 빛나는
그믐밤이면
별빛이 부서지듯
꽹과리 소리가 울려 퍼진다.
북한강 상류의 맑은 물살에
달빛이 빠져 죽으면
북소리로 환생하는가.
별빛이 무더기로 몸을 던지면
꽹과리 소리로 되살아나는가.
뜬눈으로 밤을 새운 한강이
붉게 충혈 되는 것은
서울의 불빛 때문이 아니라
가슴 밑바닥에서 들려오는
강원도의 울림소리 때문인가.

강원도 19

북한강의 아침은 늘
안개가 자욱하게 피어오른다.
강물의 깊고 푸른 슬픔도
밤새도록 울고 나면
안개로 하얗게 피어오르나,
내 고향 춘천의 골짜기처럼
깊은 설움을 안고 흐르는
북한강의 젖은 목소리.
나는 왜 자꾸 목이 메는가.
60년을 목이 메어 흘러온
내 목숨의 젖은 목소리,
귓가에 하얗게 속삭이며
안개처럼 피어나고 있다.

강원도 20

내 고향 앞산과 뒷산의
두 봉우리는
아직도 만나지 못하고
아득히 바라보고만 있다.
영원히 만나지 못하고
눈 울림만 하는 두 봉우리의
멀고 아득한 운명.
산자락이야 골짜기로 내려와
서로 껴안고 한 몸이 되지만,
두 봉우리는 밤마다
캄캄한 어둠 위에 떠 있는
두 개의 빛나는 눈망울이 되어
아득히 바라보고만 있다.

강원도 21

내 고향 강원도의
거칠고 무뚝뚝한 산들이
이 봄 들어 더욱
숨을 헐떡이고 있다.
붉게 타오르는 진달래꽃으로
진하게 사랑을 고백한다.
나는 자꾸 가슴이 뛰고,
귀가 먹먹해진다.
깊이 잠들지 못하고
활짝 핀 꽃잎처럼
봄밤을 빨갛게 새운다.

강원도 22

바람은 보이지 않는다.
제 모습을 보일 수 없는 바람은
밤에도 잠들지 못하고
하늘 가득히 허옇게 깨어
눈뜨고 운다.
울며 떠도는
바람의 운명,
내 생각만이 바람 따라
강원도의 산골짜기를 헤매며
기억의 아픈 가지들을 흔든다.
바람이 할 수 있는 일은
나뭇가지에 목을 매고
우는 것뿐이다.

제3부

만남의 시

만남의 시 1

강물이 바다로 흘러 들어갈 때
그 가슴속에 키우던 민물고기들은
다 두고 간다.
바다의 가슴 속 어디에서도
강물의 추억이나 기억을
찾아 볼 수 없다.
송사리 새끼 한 마리도
그 품속에 숨겨 두지 않는다.
이토록 깨끗한 몸바꿈을 위해
새벽마다 기도하지만, 나는
송사리나 미꾸라지처럼,
아니면 산골의 가재처럼
강원도의 민물을 벗어나지 못한다.

만남의 시 2

추운 겨울의
투명하고 창백한 혼령들이
3월 초순부터는
얼음 풀리는 강가에서
황사 바람으로 서성거리고,
누더기 같은 눈의 흔적이
산그늘에 숨어서
하얗게 봄을 훔쳐보고 있다.
늙은 겨울의 눈길이
간절하지만 슬프지는 않다.
늙은 겨울의
춥고 외로운 혼령들이
꽃샘바람의 매운 손끝이 되어
여리고 가는 가지들의
종아리를 때리고 있다.
좀 더 튼튼하게 자라기를 바라며
손자들의 종아리를 때리는
할아버지처럼….

만남의 시 3

지도를 펴 보면 길들이
실지렁이처럼
까맣게 혹은 빨갛게
온 세상을 헤매고 있다.
지도를 접고 잠자리에 들면
길들은 모두 내 안으로 들어와
끝없는 광야를 헤매고 있다.
세상의 길들은 그래도
마을에 찾아들어 쉬기도 하고,
바닷가에 이르러 절망하다가
파도에 뛰어들어 익사하기도 하지만
내 안의 실지렁이들은 영원히
까맣게 혹은 빨갛게
어두운 광야를 헤매고 있다.

만남의 시 4

도봉산이나 수락산에 등산을 가면
바위틈에 난 소나무를 만난다.
내가 만난 그들은 언제나
천형의 꼽추처럼 꾸부러진 등뼈와
거미의 다리처럼 길고 가는 잔뿌리로
타협을 배우지 못한 하늘 문의
저 오만한 경비병, 까마득한 절벽에
순교자처럼 매달려 처절하게
마지막 기도를 드리고 있다.
십 년 전이나 지금이나 그들은
언제나 마지막 기도만 드리고 있다.
기온이 영하 이십도 이하로 떨어진
겨울밤이면, 불면의 잠자리에서,
하늘 가득히 울려 퍼지는 그들의
처절한 기도 소리를 듣는다.

만남의 시 5

    나뭇가지와 풀잎들은 한사코 하늘 쪽만 향하고 있다. 하늘만을, 하늘만을 바라고 있다. 사람의 귀에는 들리지 않지만 아마도 저들은 하늘과 무언가를 은밀하게 속삭이고 있는 것이 분명하다. 아니면 무언가를 간절하게 빌고 있는 것이 틀림없다. 저렇게 아프도록 팔을 쳐들고 내릴 줄을 모르는 것을 보면, 어느 누구도 저들의 마음을 바꿀 수는 없을 것 같다. 봄이면 연두빛 작은 입들로 병아리처럼 속삭이며 기도하고, 그 연두 빛 소망의 작은 속삭임은 아지랑이처럼 피어올라 하늘의 푸른 가슴을 감동시키고, 하늘은 하얀 봄비와 노란 봄볕으로 응답해 주고, 저들은 투명한 봄바람과 손에 손을 잡고 노래하며 춤추느라고 짧은 봄밤을 지새우는 것이 틀림없다. 저들의 속삭임과 노랫소리로 해서 나도 짧은 봄밤에 잠을 설치기도 하지만 저들의 소리에 귀먹지 않기를 나는 바란다.

만남의 시 6

밤의 속은 캄캄하다.
어둠이 어둠과 만나
어둠끼리 손을 마주 잡고,
캄캄하게 절망하면서 울고 있다.
어둠보다 외로운 존재가 또 있을까.
빛이 그리워, 빛이 그리워,
어둠들은 산봉우리마다 기어올라
캄캄하게 모여 서서 서로 껴안고
긴 가뭄 속에서 기우제를 지내듯,
제 몸을 제물로 바쳐
새벽 제사를 드리고 있다.
환하게 순교하고 있다.

만남의 시 7

나무들이 긴긴 겨울 밤 추위 속에서도
시꺼멓게 침묵하고 서 있을 때
저것들은 분명히
겨울이란 거대한 무덤 앞에 세워 놓은
무덤을 지키는 비목들일 거라고 믿었다
아무려면 저것들이 살아 있을까 싶었다.
새벽마다 교회에 가서 기도하지도 않고,
주일마다 입을 모아 찬송하지도 않는데,
어찌 구원을 얻을 수 있을까 싶었다.
그러나 봄이 되면서부터 나무들은
연초록 입술을 삐죽삐죽 내밀고,
사람의 소리만 들을 줄 아는 나에게
저희들의 간절한 기도 소리와 하나님의
응답이 천지에 가득히 울리는 것을
들을 수 있는 시인이 되라고
하늘만큼 큰 소리로 꾸짖고 있다.

만남의 시 8

시간이라는 것이
어디서 시작되어 어디로 가는 지를
나는 알 수 없으나,
보이지는 않지만 분명히 있는,
그 시간의 줄이,
알 수는 없으나 분명히 있는
어떤 기운을 만나,
거미줄에 이슬이 맺히듯,
어느 매듭에 내가 맺혀서,
목숨의 물방울로 반짝이고 있다.
아무도 봐주지 않지만
열심히 반짝이며
행복하게 기화해 가고 있다.
새벽이슬처럼 투명한 외로움에
떨고는 있지만….

만남의 시 9

설만 지나고 나면
새벽잠이 오질 않는다.
겨울도 이제
내 나이만큼 늙었는가.
소한 때까지만 해도
칼끝같이 싸늘한 바람, 그리고
기인 긴 겨울밤의
질기고 단단한 어둠의 벽.
올 봄에 학교에 갈 손자
동후에게 무슨 선물을 사 줄까.
새벽 세 시에 잠이 깨어
기도도 않고 서성거린다.

만남의 시 10

2월이면 겨울도 늙을 만큼 늙었다.
바람 끝이 겉으론 맵고 차지만
속뼈는 모두 골다공증이다.
바람 든 무처럼 속 빈 겨울의
허옇게 마른 종아리가 먼 들 끝에서
논두렁에 걸려 넘어지고,
마른 풀잎을 잡고 매달리다가
힘없이 무너져 내린다.
그래, 무너져 내리듯 질척거리며
2월 하순에 눈이 내린다.
흐느끼듯 호소하듯 눈물 맺혀서
온 하늘 가득히 훌쩍거린다.

만남의 시 11

봄은 정신적이다 절대로.
육체적인 반응을 보이지 않는다.
먼저 새벽잠이 어디론가 떠나 버리고,
혼자 남아 뒤척이는 내 영혼의 쓸쓸함을
가만히 엿보는 눈길을 예감한다.
그것이 무엇인지는 알 수 없으나,
이처럼 이른 새벽에 나를 찾아 오셨으니
눈물겹구나, 눈물겹구나,
무릎 꿇고 반갑게 맞아들인다.
눈감고 환하게 대화하는 동안에
내 영혼의 양지바른 언덕엔
파릇파릇 새싹이 돋아나고 있다.
아무래도 봄은 정신적이다.

만남의 시 12

동해의 푸른 물결 소리가
바람의 맑은 몸이 되어
대관령을 넘고 있다.

몸부림만 남아서
몸부림만 남아서

겨울 가지에 목을 매다가
가랑잎으로 바스락거린다.

언제나 고향 쪽을 향해
열려 있는 내
목마른 청각을 위해.

관념시 1

한 어둠이 또 다른 어둠에게
캄캄한 제 속뜻을 전한다.
다른 어둠이 빨리 알아듣고
둘은 서로 캄캄하게 껴안는다.
덩달아 모여드는 어둠들이 온 누리를 뒤덮는다.
어둠들이 한데 뭉쳐서 캄캄한 대권을 거머쥔다.
눈을 떠도 캄캄하고, 눈을 감아도 캄캄하다.
빛을 모두 잡아먹고 캄캄하게 살이 오른
거대한 야행성 동물의 뱃속이다.
나도 그 뱃속에서 캄캄하게 소화된 지 오래다.
어둠공화국의 충실한 백성이 된 지 오래다.

관념시 2

시간은 못 먹는 게 없다.
바위도 오래 오래 씹으면
그 단단한 육질이 무너진다.
63빌딩이나, 청와대도 아마
한 천년이나 이천년쯤 씹으면
시간의 입 속에서 녹아 버릴 것이다.
내가 생각하기엔 무엇보다도
시간이 가장 잘 먹어 치우는 것은
여인과 꽃의 아름다움일 것이다
그러나 시간이 먹을 수 없는 게 있다.
삼킬 수도 없으며, 소화할 수도 없다.
이천년이 넘도록 씹었지만, 씹으면 씹을수록
시간의 입 속에서 더욱 크게 불어나
빛과 향기로 온 세상을 덮는다.
공자나 석가나 예수의 이름이다.
그 사랑의 향기이다.

관념시 3

아침의 얼굴은 환하다.
아침은 밝은 생각만하기 때문에
날씨가 어둡게 흐려도, 그의 속마음은
구름 뒤에서 빛나는 햇살이다.
아침의 밝은 생각과 사상에 감화되어
아득한 들판에 버려진 채로
캄캄하게 엎드려 있던 절망과,
먼 산골짜기에 숨어 있던 허무까지
어둠을 툭 툭 털고 환하게 일어선다.
밤새도록 어둡게 찡그리고 있던 바다도
황금빛 물결로 출렁이고 있다.
아침의 얼굴은 참으로 환하게 빛난다.

관념시 4

살이나 뼈는 거짓을 모른다.
내 무릎의 관절은 요즈음
내 몸무게를 견딜 수 없다고
솔직하게 통증을 호소한다.
살도 마찬가지다. 어디에든
아주 작은 가시만 박혀도
그냥 넘기지 못하고,
꼭 밝혀내야만 한다.
살이나 뼈는 마음과 달라서
아무 것도 제 속에 숨겨 두지 못한다.
숨겨 두었다가는 그것이 암이 되어
죽게 되기 때문이다.
거짓보다는 죽음을 선택할 만큼
살과 뼈는 정직하다.

관념시 5

옷깃을 파고드는 봄바람이 몹시 차다.
사람의 체온이 그리운지
꽤 비밀스런 곳까지 파고든다.
아마도 봄바람은 평생 외롭게 살다가
또 외롭게 죽은 이들의 혼령이
차마 인간을 떠나지 못하고 떠돌다가
우리의 옷깃을 파고드는 것이 아닐까.
이러한 봄바람을 뿌리칠 수가 없었다.
온몸을 그에게 내주고, 나는 마침내
열이 오르고, 뼈마디가 쑤시는
사랑의 몸살을 앓았다. 실은 그 때,
나만이 감기에 걸린 것은 아니었다.
온 세상이 몸살을 앓고 있었다.
산불도 몇 군데서 일어났고,
황사도 온 하늘에 자욱했다,
모든 나뭇가지들이 생명을 잉태하고,
창밖의 목련은 어느새 만삭이었다,

관념시 6

한 밤에 세종로를 가득 메운
촛불 시위를 바라본다.
온 세상이 불꽃으로 가득하다.
그 불꽃들은 저마다 간절하게 깜빡이며
존재를 인정해 달라고 애원하고 있다.
아마 지금쯤 깊은 산 속 캄캄한 숲에서는
이제 막 잠에서 깨어난 짐승들이
한 자루 촛불처럼 타오르는
자신의 목숨을 분노처럼 켜 들고
어둠 속을 서성이며
자신의 존재를 확인하고 있으리라.
자신의 영역을 확인하고 있으리라.
이제 나도 캄캄한 내 가슴속에
한 자루 환한 의식의 촛불을 켜놓고
내 존재와 영역을 지키고 싶다.

관념시 7

마음도 짐승처럼 사육할 수 있다.
가령 누군가를 미워하는 마음이나
몹시 억울하다는 마음을,
가슴 속 깊은 곳에 가둬 놓고
오래오래 어둠과 미움만을 먹이면,
어둠 속에 숨어서 보이지는 않지만
사나운 짐승이 되어, 놈들은
증오의 이를 갈며 자란다.
저 이빨과 그리고 어둡게 번뜩이는
두 눈을 보아라, 놈들은 아무래도
억울한 누명을 쓰고 감옥에 갇혀
증오의 이를 갈다 죽어 간 사람들의
캄캄한 원혼들과 내통하며
무언가 엄청난 일을 꾸며 가지고,
내 가슴을 엿보고 있다.

관념시 8

아직 더위도 가시지 않은
9월 하순의 아침,
귀뚜라미 소리가 들린다.
꼭 휴대전화 소리 같다.
한 마리의 외로운 소리다.
백두산 기슭쯤에서일까.
가을이 신발 끈을 매면서
미리 전화를 한 것일까.
가을이 다가오면서, 세상은
휴대전화 소리로 가득하다.
아무도 전화를 받지 않는다.
얼굴은 보이지 않고,
전화질만 하더니 가을은
오직 휴대전화 소리만으로
하늘을 푸르게 씻어내고,
더욱 높게 밀어 올리더니
온 산을 붉게 흥분시킨다.

관념시 9

우리나라의 달빛 속에는
서러운 혼령이나 귀신같은
그 무엇이 분명히 있다.
지난날 그 못 살던 때,
약 한번 써 보지도 못하고
홍역으로 죽어 간 아가들이나,
독한 시집살이 견디다 못해
뒷동산 소나무에 목을 맨
어린 며느리의 혼령들,
저승으로 훌쩍 떠나지 못하고
안개처럼 자욱하게 헤매다가
우리나라의 달빛이 되었는가
그래서 푸른 달밤이면 나는
어린애처럼 울고 싶고,
어느 숲에라도 찾아가서,
미친 겨울바람처럼
몸부림치고 싶어지는 것일까.

이 봄 들어 1

땅 속에 빈틈없이 뻗어 있는
나무와 풀들의 실 뿌리들이
내 몸 속에 빈틈없이 퍼져 있는
실핏줄과 이어져 있는 줄을
이 봄 들어 나는 어렴풋이 알겠네.
겨우내 잠들어 있던 뿌리들이 눈을 뜨고,
내 가슴을 향해 어떤 신호를 보내면,
내 핏속의 푸른 생기와
사랑의 일곱 가지 고운 빛깔들이
풀잎과 꽃잎으로 옮겨가는 것을 느끼네.
그래서 이쯤에서는, 사랑한다는 말씀도
산비탈에, 산비탈에 불붙는 꽃잎으로
하늘 향해 나의 알몸 홀딱 벗어 바치고,
온 들판에, 온 들판에 소리치는 푸름으로
하늘 향해 이 한 목숨 드려야 할 줄을
이 봄 들어 나는 어렴풋이 알겠네.

이 봄 들어 2

나는 이제까지
지아비와 아비, 그리고
스승의 무게에까지 짓눌려
무겁게, 무겁게
땅에만 붙어서 살다가
어둠을 끌어안고
땅에만 붙어서 살다가
이 봄 들어
그 인연의 짐을 벗고,
참으로 오랜만에
아지랑이 물결에 떠밀려
예순여섯 나이만큼의
높이까지 떠올라,
지지배배, 지지배배
새 목청이 트이고 있다.

이 봄 들어 3

긴긴 겨울 동안,
참으로 긴 긴 겨울 동안,
산골짝 무덤가에
엎드려 있던 어둠이,
내 가슴속에
숨어 있는 어둠에게
검은 눈짓만을 보내더니,
이 봄 들어,
초등학교에 들어간 둘째 손자
동률이의 눈빛처럼
생기가 돌기 시작한다고,
4월의 어두운 상처에도
새살이 돋아난다고
꽃 소식을 전해 오고 있다.

한강 1

한강은 서울의
가슴 한복판으로 흐르지만,
실은 우리들의 가슴 속
기쁨과 슬픔이 숨어 있는
실핏줄을 타고 흐른다.
흐르다가, 흐르다가
어느 호젓한 산모퉁이에선
소년 소녀 가장처럼 가녀린
보랏빛 들꽃으로 피어나고,
외로운 산비탈을 만나면
고아원 뒷마당 한 구석에
혼자 앉아 있는 외톨이처럼
하얀 도라지꽃으로 피어나고,
흐르다가, 흐르다가
먼 들 끝에 이르러선
자식에게 버림받은 노인처럼
초라한 할미꽃으로 피어나고,
한강은 서울의
가슴 한복판으로 흐르지만
실은 우리들의 가슴 속
실핏줄을 타고 흐른다.

한강 2

한강은
그냥 흐를 수가 없다.
어두운 밤이면
가슴을 찌르는 아픔 때문에
축축한 슬픔의 안개가 되어
물귀신처럼 강가로 기어 나온다.
온몸이 슬픔에 젖은
저 물귀신들의 어두운 그림자,
고조선의, 고구려의, 백제의, 신라의,
고려의, 조선의 마지막 임금들의
한스런 통곡이, 그리고 왜놈들의
종살이 적 슬픔이, 그 억울함이
허리 끊긴 이 나라의 아픔이
축축한 슬픔의 안개가 되어
물귀신처럼 어두운 눈길로
우리의 가슴을 적시고 있다.

한강 3

한강의 어느 으슥한 곳에
가축의 똥물이 흘러든다.
내 가슴 속, 시를 낳는
심장의 왼쪽 방에서 악취가 풍긴다.

한강 상류 어느 곳에
공장의 폐기름이 흘러든다.
내 가슴에서 머리로 올라가는
뒷목의 혈관이 딱딱하게 굳는다.

한강 가 어느 곳에서나
생활 폐수가 흘러든다.
내 가슴속의 붉은 피가
꺼멓게 죽으며 비누거품이 부글거린다.

한강의 물고기들이
등뼈가 굽은 채로 비틀거린다.
내 허리뼈가 아프게 마비되며
손발이 석고처럼 창백해진다.

길 닦기 1

짐승들은 길을 닦지 않습니다.

가는 길이 제 길입니다. 새들은,

더군다나 길을 닦지 않습니다.

가는 길이 바로 하늘길입니다.

길 닦기 2

날마다 산에 오릅니다.

내가 닦은 길이 아닙니다.

많은 사람들이 오르내리는 산길입니다.

집에 돌아와 아내를 부릅니다.

다시 돌아와 있습니다.

길 닦기 3

정상에 올라 내려다보니,

푸르게 우거진 숲의 바다에

하늘이 내려와 잠깁니다.

나뭇잎들이 하늘과 살을 부빕니다.

너무 즐거워서 반짝반짝 웃습니다.

나뭇잎 하나하나가 하늘을 만집니다.

모두 하늘 길을 가고 있습니다.

길 닦기 4

풀이나 나무들은 도 닦으러

수도원이나 사원에 가지 않습니다.

수도하지 않고도 하늘 길에 듭니다.

꽃이 피고 지고, 잎이 피고 지며

하늘과 호흡을 같이합니다.

피가 붉지 않습니다.

하늘의 기온이 그들의 체온입니다.

길 닦기 5

새벽에 일어나 거실에 나가보니,

밖에 눈이 내리고 있습니다.

사람의 길과 발자국을 지우며,

하얗게 새 길을 닦고 있습니다.

밤새도록 헤맨 내 꿈길도 지우고,

하얀 은총의 길을 닦습니다.

아침이 되니 아파트 경비원이

눈을 쓸고 인도를 되찾습니다.

관리사무소 지붕의 하얀 은총만이

한나절을 반짝이다 눈물로 스러집니다.

길 닦기 6

새들은 날개만 펄럭이면

땅을 떠나 하늘 길에 듭니다.

결코 새 길을 닦지 않습니다.

날개를 펄럭일 수 없는 사람은

생각의 날개만 펄럭일 뿐입니다.

새들의 하늘 길이 보이지 않듯이

생각의 길도 보이지 않습니다.

몸 닦기 1

몸을 닦으려고 옷을 벗습니다.

거울 앞에서 나의 알몸을 봅니다.

왼쪽 팔에 끼웠던 의수도 뺐습니다.

팔꿈치 아래로 손목이 없으니,

어깨에 달린 나무토막 같습니다.

자라지 못해 가느다란 팔뚝입니다.

참 안 됐다 싶어 잘 닦아 줍니다.

몸 닦기 2

때밀이에게 내 온몸을 맡깁니다.

엎어놓고 제켜놓고 잘 닦습니다.

내 손이 닿을 수 없는 등덜미까지

눈에 보이는 때는 다 닦아냅니다.

아무리 능숙한 때밀이일지라도

숨긴 때는 닦아내지 못합니다.

마음속 때는 하늘만이 압니다.

몸 닦기 3

등 뒤나 발가락 새에 숨은 때까지

다 닦아낸 다음에, 내 몸을 보니,

참으로 깨끗한 알몸입니다.

이제 내 몸에는 숨은 때가 없습니다.

내 젊은 욕망을 다 뱉어내고,

산봉우리에 가볍게 걸린 구름처럼

하얗게 날리는 머리털에 물들인

검은 빛깔만 어둡게 남아 있습니다.

몸 닦기 4

알몸을 가리는 허물이 때입니다.

옷도 알몸을 가리는 허물입니다.

숨은 때는 찾아서 닦을 수 있고,

옷도 홀떡 벗어버릴 수 있지만

숨긴 때는 닦을 수 없는 허물입니다.

몸 닦기 5

아무리 비싼 옷이라도 벗고 자지만

명품을 입어야겠다는 마음은

잠자리에서도 벗지 않습니다.

총이나 칼도 잡았다 내려놓으면

손을 잡을 수 있는 빈손이 되지만

꼭 죽이겠다고 움켜쥔 주먹은

꿈속에서도 펴지 못합니다.

어둠의 새끼들 1

　어둠은 그 속에 우주를 배고 있는 어머니입니다. 배고 있는 것은 다 낳을 수 있는 것입니다. 어둠이 낳은 첫 새끼가 빛입니다. 이 첫 새끼가 캄캄한 제 어미로 하여금 환한 소망의 눈을 뜨게 했습니다. 사흘이 지나서야 아가도 눈을 뜨고, 아버지로부터 '큰 빛(해-太陽)'이란 이름을 받습니다. 아무리 '큰 빛'이라도 빛을 받을 짝이 없으면 외롭습니다. 어둠은 첫 아들을 위해 별들을 낳아 하늘에 뿌려 놓았습니다. 태양은 별들에게 눈길을 주고, 별들은 그 사랑으로 눈이 열립니다. 서로 주고받는 그들의 사랑이 반짝 반짝 빛납니다.

어둠의 새끼들 2

　새끼들을 낳아 뿌려 놓으니 어둠의 품은 '큰 집(宇宙)'이 됩니다 이 '큰 집'의 첫 아들인 태양은 뭇 별들과 눈 맞추며 낄낄거릴 수만은 없습니다 그 별들 가운데서 하나를 골라 아내로 맞아 맏이(長子)로서의 할 일을 해야 합니다 그래서 맞은 아내가 바로 지구라는 초록별이고, 초록별은 어둠의 집안에 맏며느리가 됩니다 맏며느리는 한 집안의 살림을 꾸려가는 살림꾼입니다 살림이란 초록별의 빛깔을 지키기 위해 생명을 낳아 기르는 일입니다 땅이 키워내는 온갖 목숨들은 어둠의 맏며느리가 낳아 기르는 어둠의 새끼들입니다.

어둠의 새끼들 3

초록별이 낳아 기르는 새끼들 가운데 그 첫 딸의 이름은 식물입니다. 첫 딸은 역시 살림밑천입니다. 어미 가슴에 뿌리박고 애비의 빛을 받아 초록의 몸으로 자라납니다. 그러면 첫 아들인 초식동물이 그것을 먹으며 자라고, 둘째 아들인 육식동물은 초식동물의 고기를 먹고 살며, 셋 째 아들인 인간은 식물의 잎과 열매, 그리고 초식동물의 고기까지 먹고 삽니다. 가족이란 생명을 나눈 살붙이인데, 첫 딸인 식물과 첫 아들인 초식동물은 제 몸을 내주고, 육식동물과 인간은 그것을 뜯어먹기만 합니다. 인간이란 막내는 가장 못된 망나니입니다.

어둠의 새끼들 4

어둠의 원초적인 사랑은 끔찍합니다. 밤마다 찾아와 별들의 재롱을 한껏 반짝이게 하고, 낮 동안 지구를 보살핀 태양을 쉬게 합니다. 태양이 쉬는 동안엔 별들의 막내이며, 어둠의 예쁜 딸인 달을 보름 동안 키우고 가꿔 초록별의 동무가 되게 합니다. 어둠의 끔찍한 사랑은 인간이 저지른 지구의 상처까지 덮어 줍니다. 인간이 휘두르는 칼날에 초록별은 상처투성이가 되었습니다. 이처럼 덮어만 주는 어둠의 사랑은 마침내 인간으로 하여금 제 어미 초록별을 죽이는 패륜을 저지르게 할 것입니다. 어둠의 다 덮어주는 사랑은 끔찍합니다.

어둠의 새끼들 5

　어둠의 새끼들은 어미의 품을 좋아합니다. 별들은 제 모습을 한껏 반짝일 수 있고, 육식동물은 남의 목숨을 쉽게 훔칠 수 있으며, 인간은 남모르게 망나니의 칼을 갈 수 있기 때문입니다. 별들이 어둠의 품에서 반짝이는 것은 아름답습니다. 육식동물이 초식동물을 잡아먹을 때는 발톱과 이빨만 씁니다. 아무리 사나운 짐승이라도 칼을 쓰지 않습니다. 인간만이 칼을 만들어 마음에 품고 어둠속에서 갈고 있습니다. 남의 목숨을 훔치려고 만든 그 칼이 이제 제 가슴에 꽂힐 것입니다. 칼을 가는 망나니의 운명입니다.

어둠의 새끼들 6

　새벽이면 어둠의 큰 사랑을 알만 합니다. 밤 동안 품고 있던 모든 물상들을 새롭게 낳아 놓습니다. 참으로 고요합니다. 높은 산봉우리부터 어둠의 자궁에서 머리를 내밉니다. 어둠이 흘리는 출산의 피가 바다를 붉게 물들입니다. 아침이 그 신생아를 받아 맑게 씻어 세상에 세워 놓습니다. 그 뒤를 이어 새로운 물상들이 태어납니다. 어둠은 조용히 골짜기로 찾아들어 시냇물의 영혼이 됩니다. 그리고 세상을 새로 낳은 기쁨을 졸졸졸 노래합니다. 강물에 이르러선 노래도 삼키고 조용합니다. 마침내 먼 바다 밑에 이르러 깊은 잠에 빠집니다.

어둠의 새끼들 7

쉬지 않고 타오르는 태양에겐 휴식이란 개념이 없습니다. 우주의 심장일까요. 쉬지 않고 타오르며 빛을 뿜어냅니다. 태양이 뿜어내는 빛은 별들의 눈을 반짝이게 하고, 이 겨울 우리 집 창가 개발선인장의 꽃눈까지 틔워 줍니다. 핏발선 눈으로 빨갛게 쳐다보는 꽃눈 앞에서 나는 말을 잊습니다. 내 손끝 발끝까지 반짝 반짝 번져가는 빛의 흐름을 느낍니다. 태양은 이렇게 빛을 뿜어내는 일만 할 뿐 자랑하지 않습니다. 아침햇살이 너무 고마워 태양을 보려하지만 한사코 거부합니다. 어둠의 맏아들답습니다.

어둠의 새끼들 8

밤이면 어둠이 모두를 잠재웁니다. 하늘 앞에 높이를
자랑하던 산들도 어미 품에 머리를 묻습니다. 별들만
이 반짝 반짝 재롱을 떱니다. 별들은 재롱만 떨 뿐 소
리를 만들지 않습니다. 더욱 정밀한 고요로 이끕니다.
눈뜨고 잠드는 재롱둥이들입니다 그 고요의 끝에서, 모
든 물상(物像)들은 모습을 벗고 소리와 헤어집니다. 소리
들은 대기 속에 갇힌 아우성입니다. 아우성이 따라오지
못할 진공의 강을 건너 한 송이 별빛으로 피어납니다.
어미 품에서 빛나는 아가들의 꿈입니다. 아침이면 숨어
버리는 샛별처럼 꿈꾸고 싶습니다.

제4부

빛, 공기, 물

빛 1

밝고 환한 아버지다.
등지고 돌아서는 새끼의
어깨를 잡고,
돌려세우지 않는다.
어둠속에서 넘어져도
일으켜주지 않으며,
무릎이 벗겨져 피를 흘려도
모른 척하다가
스스로 일어서는 새끼의
앞길만은 환하고 밝게 열어준다.
빛은 참 밝고 환한 아버지다.
모든 새끼의 눈만 띄워줄 뿐
결코 손을 잡아주지 않는….

빛 2

곧고 바른 아버지다.
벽 뒤에 숨어 있는 새끼를 찾아가
끌어내지 않고, 숨어서 하는 짓을
엿보거나, 엿듣지도 않다가
스스로 걸어 나오는 새끼의
앞길만은 곧고 바르게 보여준다.
빛은 참 곧고 바른 아버지다
새끼들의 살 길만 열어줄 뿐,
잔소리를 하지 않는….

빛 3

고르게 사랑하는 아버지다.
큰 새끼나 작은 새끼나,
잘난 새끼나 못난 새끼나,
가리지 않고 한 결 같이
환한 눈길과 따뜻한 손길을 주면서도,
섬김을 받으려 하지 않는다.
애비만 바라보다가 눈이 어두워져
제 갈 길을 잃을까봐
쳐다보지도 못하게 한다.
고르게 자라는 새끼들의 모습만으로
환하게 눈이 밝아지는….

빛 4

조용한 임금이다.
아침이면 낮을 데리고 와서,
백성들을 깨워 일하게 하고,
저녁이면 밤을 데리고 와서,
지친 백성들을 잠들게 한다.
일어날 때가 되었다고
나팔을 불지도 않고,
잠잘 시간이 되었다고
종을 울리지도 않는다.
소리 없이 와서 함께하는
참 조용한 임금이다.

빛 5

빛은 무게가 없다.
온 누리에 가득하지만
누구에게도 짐이 되지 않고,
누구의 어깨 위에도 손을 얹지 않으며,
환하게 가득하기만 하다.
땅이 돌아서면 그 뒤에서
환하게 가득하고,
다시 돌아서면 그 앞에서
환하게 가득하다.
그냥 가득하기만 한 것 같지만,
빛의 씨앗을 밴 땅의 배는
언제나 둥글게 볼록하다.
빛은 참 환하고 가득한 사랑이다.

빛 6

빛은 제 모습을 만들지 않는다.
생명을 지어 키우기만 할 뿐,
영원한 '없음'이다.
따뜻함과 밝음으로 가득하지만
끝까지 얼굴은 보여주지 않는다.
머슴도 새경을 받지만,
품삯도 받지 않는다. 생명은
오직 잘 사는 것만이
빛에 대한 빚 갚음이며,
살아있는 것만으로 거룩하다.

빛 7

빛은 온갖 빛깔의 몸이다.
어느 한 가지 빛깔을 드러내지 않고,
그냥 환하기만 하다. 그것이
빛의 천성이며, 빛의 몸매이다
한자어로는 무색투명이며,
없으면서 가득한 있음이다.
그러나 물방울을 만나면
무지개로 색동옷을 입혀주고,
나뭇잎과 풀잎에는 초록을 입혀주고,
각종 꽃에게는 그들대로의
온갖 빛깔을 입혀준다.

빛 8

어둠의 짝은 밝음이고,
캄캄함의 짝은 환함이다.
어둠과 밝음은 빛의
앞과 뒤를 그린 풍경화이고,
캄캄함과 환함은 마음의
행로(行路)를 그린 추상화이다.
풍경화는 밤과 낮의 사물을 그린 그림이고,
추상화는 열고 닫는 마음을 그린 그림이다.
마음을 닫으면 캄캄하고, 열면 환하다.
인생행로는 어둠(鬼)과 밝음(神)이 어울려
춤추는 귀신(鬼神)놀이이다.

빛 9

소리를 만들지 않는다.
저녁과 아침을 앞뒤에 데리고 다니지만,
저녁과 아침은 자리다툼을 하지 않는다.
저녁은 캄캄하게 입을 다물고,
아침은 환하게 말이 없다.
밤의 캄캄한 어둠이 물러가면서
아침의 환한 밝음과 다투지 않는다.
밤은 뒤에서 캄캄하게 침묵하고,
아침은 앞에서 환하게 조용하다.
인간들이 밤낮 시끄러울 뿐이다.

빛 10

우주(宇宙)는 빛이 지은 시편들로 가득하다.
어둠과 밝음이 그 대표작이다.
어둠에서는 빛의 캄캄한 마음을 읽고,
밝음에서는 빛의 환한 뜻을 읽는다.
어둠과 밝음으로 가득한 우주는
안과 밖이 따로 없는 한 몸이다.
어둠에서 빛의 캄캄한 마음을 읽을 때나,
밝음에서 빛의 환한 뜻을 읽을 때나,
사람은 빛의 품을 벗어날 수 없다.

빛 11

빛은 주기만 하고, 받지는 않는다.
공기와 사귀면서 공기에게
환함과 밝음을 주기만 하고,
어떤 빛깔에도 물들지 않으며,
어떤 냄새에도 배지 않는다.
풀잎과 나뭇잎엔 초록을 주고,
꽃들에게 색과 향을 주면서,
제 빛깔과 냄새도 없는 빛은
없는 듯 있는 신비(神秘)이다.

빛 12

어둠의 기운은 귀(鬼)라 하고,
밝음의 기운은 신(神)이라 한다.
어둠은 빛의 왼쪽에서
캄캄하게 펄럭이고,
밝음은 빛의 오른쪽에서
환하게 펄럭인다.
왼쪽과 오른쪽의 어울림이 깨지면,
두 날개로 날아가는 새는 추락한다.
시간의 새는 그럴 수 없겠지만,
마음속 시간의 새는 아침이 와도
어둠속에서 눈을 뜨지 않는다.

빛 13

빛이 아무리 좋아도 가질 수는 없다.
그럴 수는 없겠지만, 어느 누가
빛을 제 손아귀에 움켜쥐면,
세상은 캄캄한 겨울밤이 되고,
흐르던 물은 노래를 멈추고
고드름이 자라서 얼음성이 된다.
가슴을 열고 빛과 사귀기만 하면
시냇물은 노래하며 흐르고,
풀잎과 나뭇잎은 봄바람과 어울려
꽃동산을 꾸미고, 꽃 잔치를 열어,
벌 나비를 불러 춤추게 한다.

빛 14

하늘에서 오는 것은 햇빛이고,
땅에서 만드는 것은 불빛이다.
해가 제 몸을 태워 빛을 주듯이
무엇이든 태워야 불빛을 만든다.
마음을 태워서 만드는 불빛은,
서로의 얼굴에 웃음꽃을 피우고,
몸을 태워서 만드는 불빛은
산과 들을 동산으로 가꿔
꽃을 피우고, 열매를 맺는다.

빛 15

아버지께 천자문을 배우던
여섯 살 때의 일이었다.
천자문 외우기가 싫어서,
캄캄한 광에 들어가 숨었다.
빛도 안 들어오고,
아버지의 눈길도 안 들어와
마음 놓고 잠이 들었다.
아버지는 볼 일 보러 나가시고,
빛은 밖에서만 환하게 밝았다.

빛 16

태양을 낳는 환희와 진통으로
온몸이 피로 물든 바다의
거룩한 모습을 본다.
아침안개를 허리에 두르고
바다의 진통을 아득히 굽어보는
산봉우리의 빛나는 이마를 보고,
바위 밑에 숨어서 속으로부터
솟아나는 기쁨으로 웃음 짓는
맑은 샘의 눈망울까지 본다.
다 빛이 연출하는 동영상이다.

빛 17

아침이면 반드시 창 밖에 찾아와
잠을 깨라고 환하게 속삭이고,
저녁이면 어둠에게 나를 맡기며,
푹 재워주라고 부탁하고 떠난다.
하루도 빼지 않고 찾아오는 빛이
내가 살아 있음을 확인해 주어,
아침마다 새로 태어난 기쁨으로
"오늘이 내 생일이구나!" 하는
기쁨의 촛불을 환하게 밝힌다.
햇빛은 영원히 나를 찾아오겠지만
내가 밝힐 촛불이 몇 개 남았을까,
나는 그 숫자를 알 수 없구나.

빛 18

낮에만 찾아오는 햇빛 아래에선
눈을 떠야만 당신을 볼 수 있다.
캄캄한 밤이나, 당신이 없을 땐,
눈을 뜨고도 당신을 볼 수 없다.
그래서 나는 밤이나 낮이나
눈을 감고도 당신을 볼 수 있는
사랑의 촛불을 밝히기로 했다.
언젠가 우리 둘 중 하나가 떠나면
혼자 남은 하나는 이 촛불을 켜 들고
밤이나 낮이나 서로를 볼 수 있는
환한 빛 속에 살려고.

공기 1

가득 차 있어도
비어 있다고 한다.

잠시도 헤어질 수 없는
비어 있음의 가득함,

보이지 않는 힘으로
일만 하는 머슴,

그 일꾼의 이름이
공기(空氣)이다.

공기 2

공기라는 이름만 있고,
보여줄 모습이 없다.

모습은 없지만
보여주고 싶은 바람으로

바람이 되어,
온 천지를 헤매고 있다.

공기 3

공기의 꿈은, 오직
숨구멍을 드나드는 것,

그래서 맑고 깨끗함이
타고난 천성이다.

숨구멍엔 문지기가 없다
독이 들어가도 막지 못한다.

천성이 오염되면
목숨이 세상을 떠난다.

공기 4

목숨과 사귀느라
햇빛과 함께 하지만,
햇빛의 곧은 성질로
쥐구멍이나 지하실엔
혼자 들어가,
쥐새끼와 벌레들의,
코끝을 떠나자 못한다.

공기 5

땅을 떠나지 못한다.
땅이 붙들어서가 아니라,
땅에 있는 목숨들의
숨구멍을 드나들며
사랑에 빠진 것이다.
공기와 사랑에 빠진 나도,
땅을 떠나고 싶지 않다.

공기 6

설거지한 그릇들을
물기까지 닦아 놓으니,

빈 그릇에 가득 담기는
맑고 깨끗함,

비어있으며 가득한
하늘의 얼굴이다.

공기 7

산을 오르노라면
숨이 차고, 땀이 흐른다.
공기도 덩달아 바쁘다.
내 콧구멍을 열심히 드나들며
숨을 고르고, 바람이 되어
보이지 않는 손으로
땀을 닦아준다.
참 고맙다.

공기 8

산에 오르다가,
숨을 고르려고
바위에 걸터앉는다.
공기도 살랑거리며,
내 얼굴을 어루만진다.
너무 사랑스러워,
가슴깊이 들이마시며
심호흡을 한다.
아, 살아 있음의 이 기쁨,
야호! 하늘을 향해 소리친다.

공기 9

풀과 나무의
잎과 꽃을 피운다.
잎과 꽃은
공기가 켜서 밝히는
환한 불꽃이다.
공기는 공간에서
불을 피우는 머슴이고,
공간은 그 머슴이 일하는
하늘의 부엌이다.

공기 10

숨을 쉬고 있다.
목숨을 꽃피우고 있다.
젊었을 적엔 아내와
사랑의 꽃을 피우고,
아이들을 키우면서는
아픔과 보람의 꽃을 피우고,
80의 마루턱을 오르면서
웃음과 눈물이 서로 다투어가며
아내와 함께 살아있다는
감사의 꽃을 피우고 있다.

공기 11

진공은 참으로 빈 하늘이고,
공간은 공기가 있는 하늘이다.
참으로 빈 하늘엔 밤이 되면
별들이 꽃피어 반짝이고,
공기가 있는 땅 위엔
꽃들이 피어 하늘거린다.
별들의 반짝임은 반짝임일 뿐
향기가 없지만, 꽃들의 몸짓은
저대로의 향기를 풍긴다.
공기가 전해주는 감동이다.

공기 12

태양의 폭발,
블랙홀의 폭포,
그 소리가 들려오지 않는다.
빛은 진공을 건너오지만,
우주의 연주 소리는
그 강을 건너오지 못한다.
공기의 파도타기를 할 수 없어서
지구에 상륙하지 못하는
우주의 연주 소리,
아, 공간에 사는 즐거움,
지구무대에선 공기의 파동을 타고
생명의 연주가 끝없다.

공기 13

봄이면 그 마음이 들떠서
봄바람이 되어,
산과 들을 헤매 다니며,
꽃불을 켠다.
목련과 개나리와 벚꽃을,
가리지 않고 켜댄다.
미세먼지가 심한 요즘엔
체온이 오르고,
감기몸살을 앓더니
마침내 치매에 걸렸나보다.
꽃들이 제 철도 모르고
한꺼번에 피어 야단이다.

공기 14

봄볕과 짝꿍이다.
봄볕의 따뜻한 숨결을 받으면
몸이 달아오른다.
그냥 숨만 가쁜 게 아니다.
빛과의 은밀한 사귐,
생명을 낳아 기른다.
풀잎이 하늘을 향해 눈을 뜨고,
꽃망울이 통통하게 꿈을 품는다.

공기 15

빛은 저녁이면, 반드시
지평선 너머 딴 세계로 갔다가,
아침에 환하게 찾아오지만,
공기는 밤낮이 없다.
첫 아이를 낳았을 때, 나는
아기 우는 소리가 시끄럽다고
다른 방에 가서 자고, 아침이면
환하게 아기 보러 왔지만,
엄마는 아가와 함께 밤을 새웠다.
아빠는 빛이고, 엄마는 공기다.

공기 16

소리의 바다다.
보이지 않는 소리의 물결이
청각을 적신다. 일찍이,
잠이 깬 새벽, 바닷가에서
먼 수평선을 바라보듯
안방에서 자는 아내의 안부가
아득하고 궁금하다.
"여보!"라는 잔잔한 물결이
내 청각에 다가와 출렁이고,
내 마음의 바닷가에선
하얀 갈매기 떼가 날아오른다.

공기 17

미세먼지주의보,
마스크를 한다.
집안 공기와는 아내처럼
가린 것 없이 하나가 되지만,
바깥 공기와는 맘 놓고
입맞춤하지 말라는 주의보,
뽀얗게 화장한 꽃뱀이다.
입을 헤벌리고 그와 사귀다간
귀중한 보물을 도둑맞는다.
언제부터 꽃뱀이 되었을까.

공기 18

어떤 모습이든,
태워 없앤다.
가장 단단한 쇠도
오랜 시간과 함께 태워
녹슬게 하고, 내
몸뚱이도 80여 년 동안 태워
다 늙었다. 마지막엔, 나를
화장터에서 다 태우리라.

물 1

모습과 빛깔도 없고,
집과 나라도 없고,
너와 나도 없이,
맑은 몸 하나뿐이다.

물 2

뜨거운 사랑을 받으면,
펄펄 끓다가
몸을 풀어 하늘에 오른다.
바라는 것도 없이,
그냥, 하얀 꿈으로…

물 3

미움을 받으면
하얗게 굳어버리지만,
원래 흑심이 없어서
얼음이 되어서도 끝내
검은 속은 보이지 않고,
하얗게 밤을 새운다.

물 4

겉이나 속이나
맑음뿐이다.
그렇게 맑은 본성으로
씻어 주기만 할 뿐,
묻혀주지는 않는다.

물 5

뼈대가 없어서 일어설 수 없고,
족보가 없어서 벼슬도 못한다.
밑바닥에서 발바닥이나 적셔주고,
땅속에서 뿌리의 목이나 축여준다.

물 6

흐르는 것만이
사는 법이다.
이 법을 어기면
흐름이 갇히고,
죽어서 썩는다.

물 7

비탈길에선
목청을 돋우어,
노래하고,

낭떠러지에선
폭포수 되어,
하얗게 운다.

물 8

몸을 세워 하늘에 갈 수 없어
냇물이 되고, 강물이 되고,
끝내는 바다가 되어, 마음이
하늘과 만나 푸르게 출렁인다.

물 9

높은 곳 출신일수록
빨리 몸을 낮추어
맑게 흐르고,
무엇에도 물들지 않는
맑은 마음뿐이다.

물 10

맑은 샘은,
하늘만 바라보는
눈망울,

하얀 폭포는,
하늘만 호흡하는
콧구멍.

물 11

높은 자리는 사양하고,
낮은 자리만 찾다가,
바다에 이르러, 마침내
수평선으로 하늘과 만나
일직선으로 끝이 없다.

물 12

불을 만나 사랑에 빠지면
불꽃과 함께 오르고 싶어
하얀 김으로 피어오르며
하얗게 거듭나는 꿈만으로
나를 버리는 순애의 길로
몸을 지우며 오르고 있다.

물 13

시냇물,
졸졸졸 노래하고,

개울물,
돌돌돌 짓거리고,

폭포수,
쾅쾅쾅 소리치고,

강물은
조용히 입을 다문다.

물 14

공기와 사귀다가 오염될까봐
숨도 안 쉬고,
두 눈 꼭 감고,
캄캄한 바닷물로 다시 태어나,
남극이나 북극의 얼음 밑에서
맑음, 그것으로만 살고 있다.

물 15

용이 되고 싶어 하늘에 오르려고
구름이 되어 허공에서 떠돌다가
하늘의 벼락을 맞고, 소나기 되어
땅바닥에 팽개쳐지는 이 아픔,
용꿈이야 벼락 맞아 마땅하지만
죄 없는 산자락과 산동네 집들,
산사태로 날벼락을 맞는구나.

물 16

캄캄한 땅속을 흐르다가
환한 하늘이 그리워
뿌리와 줄기를 타고 올라
풀잎과 나뭇잎으로 피어나,
초록의 눈을 뜨고, 아아,
높고 푸른 하늘을 본다.

물 17

바다에 이르러선,
사람이 지어준 이름을 벗는다.
압록과 두만, 낙동과 섬진을 벗고,
황하와 인더스, 나일과 미시시피도 벗고,
알몸이 되어 밤과 낮, 때도 없이,
푸른 물결 춤춘다.

물 18

바다는 물나라의 궁전이다
온 무리가 푸르게 출렁이며
노래하고 춤추는 잔치집이다.
임금도 없고, 백성도 없으며,
높고 낮은 자리도 없이, 모두가
알몸으로 춤추는 임금들이다.